ことのは文庫

極彩色の食卓

みお

MICRO MAGAZINE

Contents

竹林律子邸

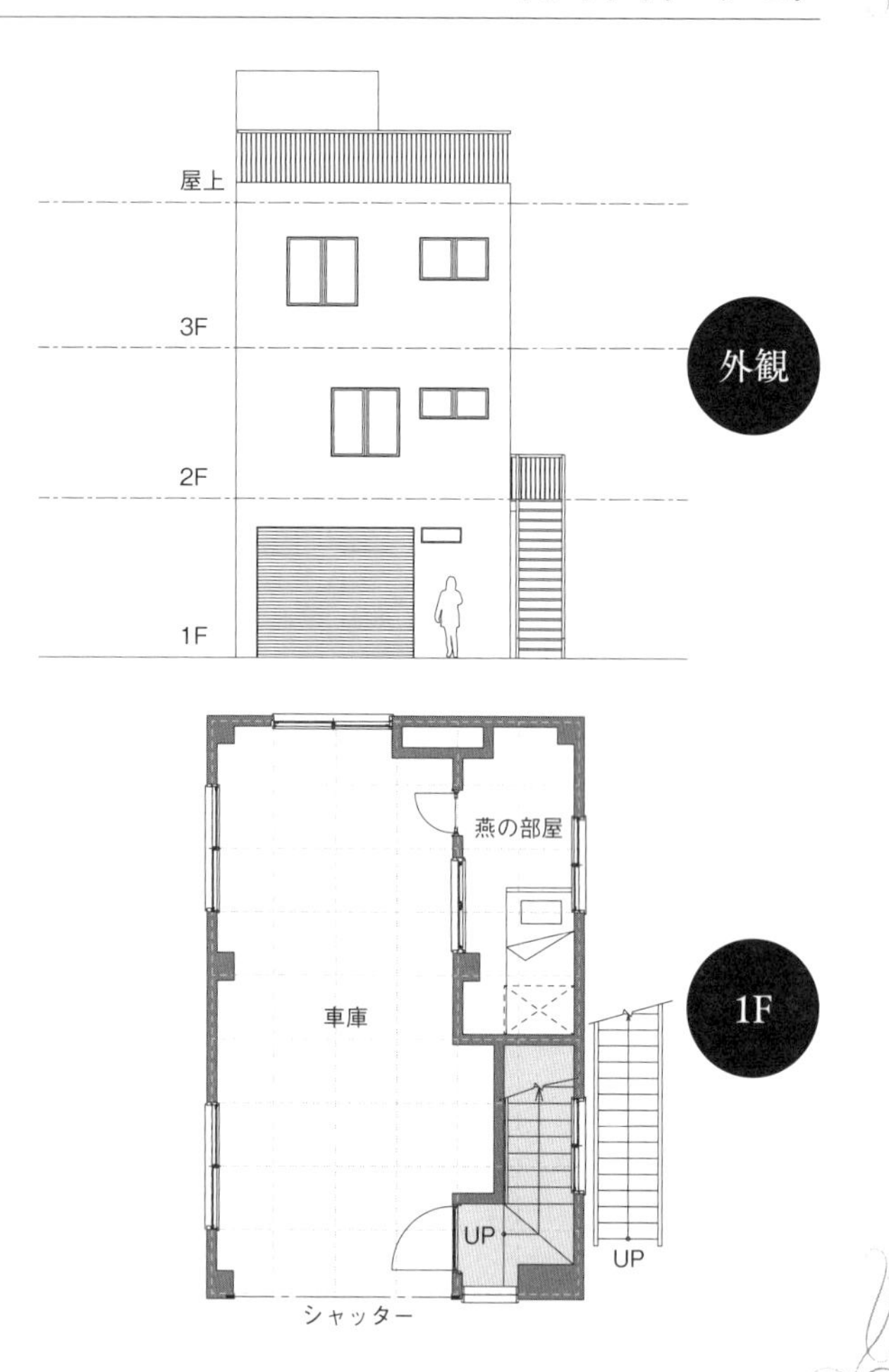

Ritsuko Takebayashi's House Layout

2F

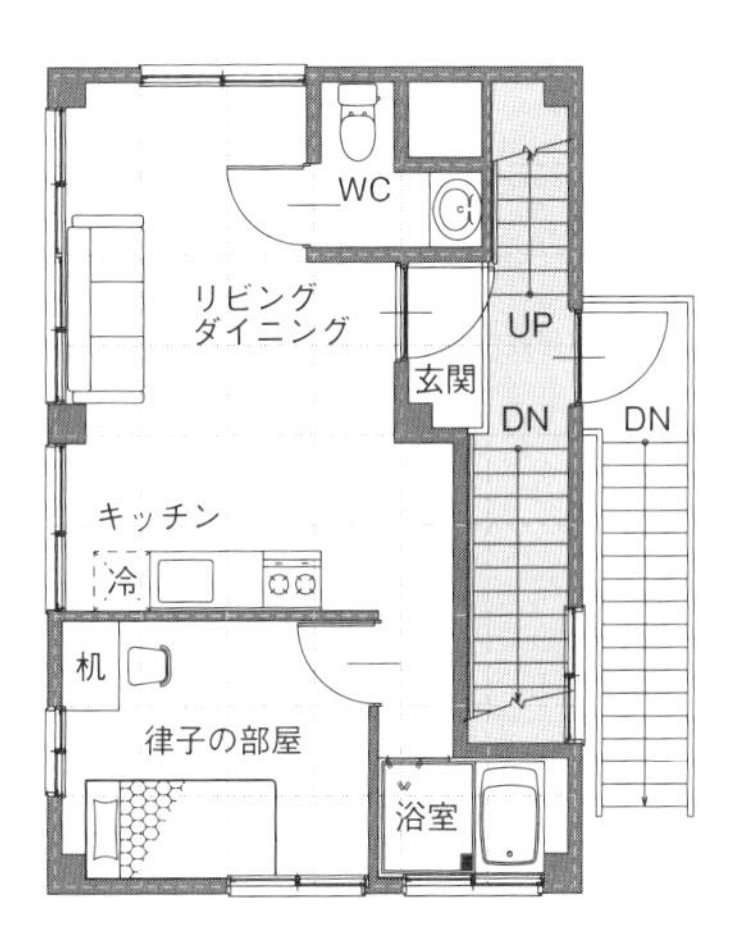

3F

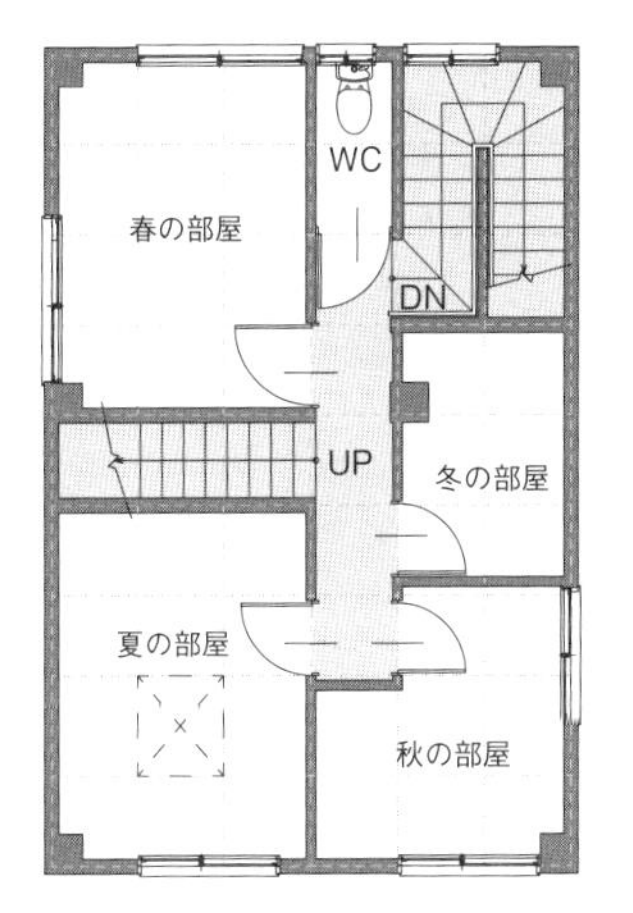

極彩色の食卓

桜とフレンチトースト

女性から誘いを受けることは、燕にとって日常のことだった。

なぜなら、彼は綺麗な顔をしているからだ。


「ねえ、あなた。ちょっとそこに立ってくださらない？」

晩夏の日暮れ、児童公園。どこかから十八時ちょうどの鐘が鳴る。

ベンチに腰を下ろしていた燕は虚ろな目のまま顔を上げた。

聞こえたのは女の声だ。女に声をかけられることなど燕にとって日常茶飯事のことである。

しかし、顔を上げて燕は少し驚いた。目前に立つ女は、どうみても六十を超えている。

その女は黒のワンピースに小さな帽子を斜めに被り、顔には大きなサングラス。

わざとらしい恰好が小さな体に不思議と似合っていた。

姿勢がいいせいだろう。彼女の背はまるで天から引っ張られるようにすっと伸びている。

皺の刻まれた顔だが、色の白さが黒い服に馴染んでいた。女は燕に駆け寄ると首を傾げる。

笑顔が子どものようだった。

「ねえ、あなた。ちょっとだけ、立ってみて」

　思わず立ち上がれば、彼女は数歩下がった。そして上から下まで燕を眺めて、鞄から小さなノートとペンを取り出す。

「立つだけなのに、すごく綺麗。きっと姿勢がいいのね。まっすぐ天に向かって生える木みたいね。そう、足を少し前に出して……少し顔をこちらに……そう、すごくいい」

　彼女は燕から目を離さない。無邪気さは影を潜め、今は有無を言わさない強さがあった。

　彼女の目はサングラスに隠れて見えない。漆黒のサングラスにぼんやりと映る自分の姿を見て、燕は顔をそらす。

　……そこに映っているのは、青白い自分の顔だ。

　まるで、死人のような顔である。

(何が綺麗なもんか、俺の顔は)

「顔をそらしちゃ駄目」

　ひやりと、冷えるような声だった。驚いて顔を上げると、彼女の口角が少し緩む。

「さ、まっすぐこっちを見て……うん。やっぱり綺麗ね。真っ白な肌に、顎が小さくて、手も足も長いし、指も長くて綺麗ね。目も切れ長で、黒い。だけど、目元は赤く見えるのね。黒い色が白と反発しあって、赤に見えるんだわ。肩から背中のラインもすごく綺麗」

　彼女の右手が紙の上で動くのをみて、燕の呼吸が一瞬だけ止まった。

　彼女は燕の姿を描いているのだ。その手の動きは一切の迷いがない。顔はまっすぐに燕に向けられていて一度もノートを見ていないというのに。

軽いタッチで手を動かし続けていた彼女だが、ふと途中で動きを止めた。そして、まるで崩れるようにその場に座り込む。

「……大丈夫ですか」

「ごめんなさい、恥ずかしいわ。くらっとしてしまって……」

思わず駆け寄って体を支えると、彼女の腹から大きな音が鳴った。夏の虫がりーりーと騒ぐだけの公園で、その音は驚くほどによく響く。

鳴った腹を押さえ、彼女の顔は真っ赤に染まる。

先ほどまでの鋭い空気は消えて、そこにいるのは無邪気な一人の老女である。彼女は赤い顔を両手で押さえ、燕を見上げた。

「あら、いやだ。今はもう何時頃？」

「十八時です」

言いながら燕は目線を下げる。そこに、無造作に先ほどのノートが開かれている。

それを見て、燕は息を呑み込んだ。

……真っ白な紙の上に、燕がいた。

描かれていたのは素描の燕だ。

小さな顔、うつむきがちな目、への字の口。細い顎。肩のするりとした線、流れるような足。あの一瞬で、この女が描いたのだ。

まるで鏡を見ているようであり、それでいて自分ではないようにも見える。こんな寂しい目をしていたか、と燕は思う。憂うような自分の瞳に、燕は釘付けになる。

思わず絵をつかみかけ、燕はその手を空中で握り締めた。

彼女が、燕の腕の中でくすくすと笑い声をあげたのだ。

「私、サングラスなんて慣れないもの着けてるから時間の感覚がなかったのね。ずっと……ずっと夜のようだったわ。そうだわ、今日は朝一番に家を出たの……なのに、もう夕方なのね。楽しくって、あちこちうろうろとしてたから……そうね、今日は何も食べてなくて。立ちくらみもするはずよ、お腹が空いているんだわ」

言いながら彼女はサングラスを外す。意外なほど大きな目が、眩しそうに燕を見上げる。

「ああ。薄暗い中で見るあなたも綺麗だったけど、夕暮れの中で見るあなたも綺麗。茜色が肌に吸い込まれるみたいで」

「……あなたは」

「肌が白いせい？　黒い服のせい？　不思議だわ。なんでそんなに赤色が似合うの？」

彼女は燕の顔を見て、目を細める。

その目線は燕にとってはさして珍しくない。いわゆる恋する女の目だ。

「本当に綺麗」

彼女は、うっとりと、燕を見つめて呟く。

しかし、彼女の目は燕に恋をしているわけではない。

彼女はモチーフとしての燕に、惹かれている。燕の皮膚を超えて、肉を、骨を、彼女の目は見つめている。

「……あなたは」

燕は彼女の細い肩を支えたままであることも忘れ、ぽかんと口を開けた。

「竹林……」

燕は彼女の顔を、知っている。

「竹林、律子」

彼女は、世界的に有名な女流画家。竹林律子ではないか。

「あら。なぜ私の名前をご存じなの?」

著名な彼女は肩を抱かれたまま、燕の顔を見上げて笑う。公園を横断する男が二人を不思議そうに見つめていた。


絵画に少しでも興味があれば、竹林の名は耳にしたことがあるはずだ。

三十年近く前、日本の絵画界に突如現れた女流画家。その絵は繊細だが革新的で、写実的な絵と飛び抜けた色彩感覚は百年に一度の逸材と呼ばれた。

彼女は日本を越えて世界で評価され、その絵は海外の美術専門誌の表紙を彩った。

ただし当人は煩わしいことを嫌い、マスメディアには滅多に顔も出さない。

元華族だとか徳川の血を引くのではないかなど、そんな突飛な憶測や噂が飛び交っても当人は知らぬ存ぜぬの涼しい顔。ただ絵だけを描き続けてきた女画家である。

しかし筆を折ったのか、彼女の絵はある時を境に唐突に消えた。

そうなると世間も冷たいもので、彼女に対する話題をやめた。ここ数十年、彼女は謎の人のままである。

もちろん、燕は彼女の全盛期を知らない。

しかし、彼女の顔写真と絵は知っている。写真は古いものだったが、今でも面影はかすかに残っていた。

「ほんと、ごめんなさいね。私、夢中になると駄目なの。空腹とか、眠いとか寒いとか暑いとか……そういう感覚が鈍くなるみたいなの」

かつての有名画家が燕の腕の中で震えている。腹を空かせて、力が入らないのだ。

「……ごめんなさいね。支えて貰って……そう、まっすぐ、そこを曲がって。もう家は近いのよ。こんな近くで立ちくらみを起こすなんて恥ずかしいわ」

彼女は燕に掴まったまま、白い指で道を指した。手を離すと倒れてしまいそうなので、燕は仕方なく彼女の体を支え、指示通りに歩き始める。

「今日ずっとデッサンのモチーフを探してウロウロしてたのよ。最後にあなたのような子に会えるなんて、本当幸運だった」

彼女は燕が黙っていようが目をそらそうが、気にせずに言葉を続けた。

その体にはしっかりと筋肉が付いている。女の肩を支えて歩きながら燕は、

（これは絵を描く人間の腕だ）

と思った。

肩から腕にかけて筋肉の筋が張っている。細長い指にはタコの跡。絵を描くのをやめたなど嘘だ。この手は、まだ描き続けている。

「ああ。ここよ。ごめんなさいね。せっかくだから、おあがりになって。まだあなたの絵、描き終わってないもの」

無防備に、彼女は目の前の建物を指さす。

「古いけど、壊れたりはしないから安心して」

それは、有名な女画家が住む家としては寂しすぎる。蔦の絡まる古くさい雑居ビルである。

築何十年も経っているであろうビルは、表も中も古くさい。灯りのない、コンクリート剥き出しの細い階段。茶錆の浮いた扉。

三階まであるこのビルすべてを彼女は家にしているのだという。

「一階は車庫兼物置部屋。二階がリビング兼アトリエ、そして三階は特別室。一階のシャッターは下りっぱなしだから、二階が玄関なのよ」

急な階段を上がりながら、竹林は楽しげに言った。

「階段が急なのが難点だけど、広くていいの。中もね、外よりは綺麗なの」

彼女の言葉の通り、二階のリビングは広かった。面積自体は。

「……ちょっと散らかってるけど」

扉を開けて、彼女はちょっとだけ気まずそうに肩をすくめる。

広々とした部屋の中にはアンティークな家具が並んでいる。そんな家具を圧倒するように置かれているのは、サイズも様々なキャンバス、絵を立てるためのイーゼル、木のパネル。床に無造作に散らかった画用紙に絵の具。高級そうなガラスの瓶には、汚れた筆が突っ込まれている。

「いつもはもうちょっと……綺麗な時もあるのよ」

彼女は少し恥ずかしそうに燕を見ると、スキップでもするように部屋の中に進んだ。

「私に付いてきてくれたら怪我をせずに済むわ。そこには絵の具も筆も落ちてないの」

玄関を入ってすぐがリビングキッチン。さらにその奥にも扉があるのが見えた。

彼女は一人で暮らしているのだろうか、と燕は用心深く周囲を探る。

玄関から覗くキッチンもリビングも静かだ。他の階は不明だが、耳を澄ませてみても何一つ聞こえない。

やはり、この家に人の気配はないようだ。ただ、絵の具の香りだけが染みついている。

年配とはいえ、一人暮らしの女の家に、出会ったばかりの人間を誘い入れるなど随分と無防備だ。しかも彼女は部屋に入るなり、年代物のソファーへ無造作に寝転がる。

「お腹が空いて動けないわ。お台所に何かあったかしら？　出前でも取る？　電話は……どこに置いてあるのか、ここ一週間ほど見かけないのだけど……」

竹林はそう言ったきり、てこでも動く様子を見せないので、仕方なく燕が動いた。

「本当に何にもないな……」

キッチンの棚を開け、冷蔵庫を開ける。そして、燕はいささかがっかりとした。

一世を風靡した女流画家。活動期間の短さの割に多作な画家だった。今でも彼女の絵は人気があり、かつての絵は高値で取引されているという。

そんな人物のキッチンには、さぞ高いものが眠っているだろう……すべては燕の想像だ。

しかし蓋を開けてみれば、キッチンには乾きかけたバゲットと、かさかさになったチーズ。

無駄に大きな冷蔵庫には卵と牛乳が転がるのみ。珍しい海外産の調味料などは封も開かれないまま、賞味期限を過ぎている。

コンロも電子レンジも見事に時代遅れで、動くだけでも奇跡だった。年代物の割に綺麗なので、ほとんど使用していない、ということだ。

「……仕方ない」

燕はため息をついて、卵の中からできるだけ新鮮そうなものを選び出して深い皿に割る。軽く混ぜた中に、塩、胡椒。さらに大根おろしで削ったチーズ……乾いたチーズもこうするといい香りが広がる。このソースにバゲットを沈めて、皿ごとレンジに入れる。

(レンジは……動くな)

卵が固まったり、ソースが熱を持ちすぎてもよくない。光を放って唸るレンジを覗き込み、ちょうどいいタイミングで蓋を開ける。

（……よし、染み込んだ）

続いて、フライパンにたっぷりのオリーブオイルを流し込み、充分熱くなった頃を見計らい、すっかり柔らかくなったバゲットを並べた。

じゅ。と音がして、チーズと卵の香りが鼻に届く。熱が加わったせいか、白いバゲットが鮮やかな黄色に変わった。

フライパンを小刻みに揺らしながら燕はぼんやりと自分の指を見つめる。

先ほど竹林が美しい、と褒めた燕の指だ。昔、この指は様々な絵の具の色で汚れていた。

かつて燕も筆やデッサン用の鉛筆を握ったことがある。大きな画板の上で、その指は様々な色を生み出した。昔、この指は美しい色に染まっていたのだ。

しかし今は、フライパンを握っている。そしてただ、卵の黄色に汚れている。

かつて……といってもほんの半年前まで、燕は美術大学の学生だった。幼い頃から絵を描き続けてきた彼にとって、当たり前の道だった。

絵を描けば、燕の両親は喜んだのである。両親の夢は絵描きだった、と聞いたことがある。

だから両親に最初に教え込まれたのは、遊びではなく絵だ。そして、燕が上手に絵を描けば、両親はひどく喜ぶのだった。

思えば絵ばかり描いていた子どもだった。絵以外、何もできない中学生だった。絵しか見えていない高校生だった。

少なくとも地元では、燕の絵は有名だった。

しかし高校卒業後に念願の美術大学に入り、燕は初めて挫折を味わった。

大学には、浮ついた人間ばかりが集まっている。そのくせ、筆を握ると誰もが燕よりも上手かった。

挫折は音を立てて燕の精神を病ませた。一年足らずで彼は休学届を出し、親には縁を切られ、幾日も公園で寝泊まりを繰り返した。

そんな燕を最初に拾ったのは、四十代の女社長だ。まだ肌寒い、桜の季節にも早いような季節だったと思う。彼女は燕を家に招き入れて、服や食事を惜しみなく与えた。

燕の中で、生きる意味などすでに失われている。死なないのは、面倒臭いからだ。燕は無気力なまま女に飼われた。

が、一ヶ月もしないうちにあっさりと捨てられた。

最後、煙草の煙を燕に浴びせかけながら彼女は言った。

「今後も女に食べさせて貰うなら、せめて食事だけでも作れるようになりなさい。綺麗な顔だけで生きて行けるのはあと数年よ」

その時、初めて燕は自分が綺麗な顔をしている。と知った。

食に興味などなかったが、なんとなく生きる意味を見出した気になった。その次に燕を拾った女に学んで、料理の幅を広げた。

絵筆以外で何かを創作するなど、生まれて初めてのことだ。しかし器用貧乏というのだろうか、燕はぐんぐんと料理を覚えた。

……しかし、絵と同じだ。プロにはなれない。おままごとだ。それでも、料理は仕事だと思えば、絵筆を握るよりもずっと気楽だった。

料理を仕込んでくれた女も、数週間で燕を捨てた。燕は長くて一ヶ月程度で女の家を渡り歩き、気が付けば半年。ヒモとホームレスのぎりぎりの境目を歩き続けている。

親や数少ない友人は心配しているかもしれない。しかし、すべてを捨てて燕は逃げ出したのだ。今の自分を見れば誰もが軽蔑するに違いない。

しかし、それもどうでもよかった。

ただただ、燕は無気力だった。絵を描けない自分など無気力であるべきだと思っていた。もう絵のことなど忘れたと思っていた。……しかし、竹林の絵を見て息が詰まった。スケッチの線の柔らかさに、モノクロだというのに色を見た。

それは彼女の才能の色だ。

本物の絵だ。

そしてそれを、妬ましいと思う自分がそこにいた。

「……焼けたか」

ぼんやりと考え込む時間がよかったのかもしれない。バゲットをひっくり返すと、美味しそうな焦げが見える。黄色が染み込んだ柔らかいバゲットに、茶色のカリリとした焦げ跡。

ひっくり返したまま、待つこと数分。ふちがこんがりと焼き上がった、それでいてふんわりと整ったフレンチトーストが完成した。

「まあ」

まあ、とたっぷり言って、竹林はまるで子どものように目を輝かせる。

「まあ、まあ」

焼きあがったフレンチトーストを真っ白な皿に載せて、彼女の前に置いてみせたのである。宝物でも目にしたように、彼女は目を大きく見開いて口を押さえ皿と燕を交互に見た。目線がくすぐったく、燕は目をそらす。

「……そんな、驚くようなものじゃないです。倒れそうなんでしょう。食べたらどうです」

「こんなところじゃだめ……あ、そうだ、こっちへ来て。特別室にいきましょう、三階よ」

彼女は燕の言葉など聞きもしない。

大急ぎで冷蔵庫から牛乳を取り出すと二つのグラスに注ぐ。さらにフレンチトーストとグラスを盆にのせて燕に持たせると、玄関を飛び出し上に繋がる階段に足をかけた。

「早く」

言いながら彼女の足はすでに三階につながる階段を駆け上がっている。立ちくらみを起こしていた人間とは思えない動きだ。

誘われて上がった三階は二階とは雰囲気がまったく異なっていた。目の前に現れたのは狭い廊下だ。左右の壁には重厚な木の扉が二つずつ並んでいる。

廊下に電気を点けると、白い壁にぼんやりと二人の影が浮かんだ。じりじりと、白い蛍光灯が音を立てる。それくらい、この場所は静かだった。

二階はあれほど荒れていたというのに、上はまるで別世界のようだ。まず、物が一つも落ちていない。

「ここよ」

彼女は、階段を上がってすぐ目前にある扉のノブに手をかけた。

「さあ、どうぞ。あ、ゆっくり入ってね。お花が散ると、大変」

「どこで食べようと同じでしょう、そんな場所まで変えて……」

盆を運びながら燕はため息を吐く。

「わざわざ別の部屋とか……」

……しかし。

一歩部屋に足を踏み入れて、燕は目を見開いた。これまでの無気力な自分のどこにそんな力があったのか。駆け寄るように壁に近づく。

足下を見る。上を見る。

……そこは、見事な桜の園である。

「……あ……桜……いや、絵か」

壁を大きなキャンバスと見立て、桜の木が何十本も描かれているのだ。

いや壁だけではない。床には剥き出しの土と、散った桜の花弁。天井には桜吹雪。隙間から見える空は、確かに春の淡い青なのである。

無風であるのに、春の風を感じた。淡く甘い、桜の匂いが確かにした。桜吹雪に体が揺らめく、そんな気がする。

今の気温は蒸し暑い、夏の温度だ。しかし絵を見ただけで、ひやりとした晩春の温度が皮膚を撫でた。

そこにあるものは、ただすべて、絵である。

そう理解してもなお、絵であることを脳が拒否した。しかし実際に触れると、ざらりとした壁なのである。舞い散る花弁をつかむことはできない。燕の指に触れたのは油絵の筆跡だ。

「ここは春の部屋と呼んでるの」

燕の動きに竹林は満足したのか、自慢そうに胸を張る。

「ここなら、いつでもお花見ができるのよ。あなたが黄色のフレンチトーストを作ったのをみて、ぴんときたの。黄色ならピンク。ここが一番似合うわ……私ね、色の中では黄色が一番好きなの。すべてを包み込む色だもの。だから黄色の食べ物はふさわしい場所で食べなくっちゃ」

部屋はそれほど広くはない。しかし、絵のおかげで無限の広がりを感じる。

壁に描かれた桜の園の向こう、小さく描かれた男と女。道を走る、アンティークな車。

見つめていると、ここが建物の中であることを忘れる。ここに、別の世界がある。

「さあ、さあ、どうぞ」

竹林は嬉しそうに、部屋の真ん中に猫足のテーブルと椅子を並べた。その上に真っ白なテーブルクロスを敷いて、皿とグラスを置く。

「いただきましょう。私だけじゃないわ、あなたも一緒に食べるのよ」

真っ白なクロス、真っ白な皿。その上に、黄色のフレンチトースト。焦げ目は濃い茶色。オリーブオイルを染み込ませたフレンチトーストは頼りないほど柔らかく、ナイフを落とすと抵抗なく割れた。

口に入れると、バゲットの持つ甘さに、チーズの香ばしさとオリーブオイルの香りが広がる。

例えるなら春の味。そうだ竹林の考えは正しかった。

「まあ！　甘くないのね」

竹林は一口食べるなり、驚いたように目を丸めた。

塩味のフレンチトーストを作るのは癖のようなものだった。この料理を燕に教えた女は甘いものが好きではなかったし、燕も甘い物を好まない。

「好みじゃなければ残してもらっても」

「ううん。すごく美味しい。それにフレンチトーストってすごく時間がかかるのに、なんでこんなにすぐにできちゃったの？　魔法みたい。あなた魔法が使えるの？」

「レンジです」

「レンジ？」

「熱を通せば、染み込むのが早くなる。それだけのことです」

「オリーブオイルも、美味しいわ。バターじゃなくって、オリーブオイルでもいいのね」

料理でここまで過剰に喜ばれたことは初めてだった。いささか戸惑いながらも、燕は複雑な心境を喉の奥に閉じ込める。

目の前にいるのは、燕が望んでも手に入れられなかった名声を手にした女である。

彼女は燕が絵を描くことを知らない。ただ、無邪気に燕の料理を褒めている。

「そういえば、あなたのことをなにも聞いてなかった。あなたのお名前は？」

「名前は……お……いや……燕」

大島（おおしま）燕、とフルネームを言いかけた口が止まる。

これまで燕は、女にフルネームを教えたことはない。『ツバメ』という、いかにもな名前が本名なことも、よかった。その名を聞いた女たちは勝手に偽名と勘違いし、それ以上の追求をやめるのだ。

「まあ、素敵な名前。あなたは春に生まれたのかしら」

しかし竹林は意にも介さず目を輝かせて燕を見上げる。

「知ってる？　ツバメは幸運をもたらす春の鳥なのよ」

そして幸せそうに目を細めるのだ。

「お家はどちら？」

「家は……」

通りの向こうにある高級マンション。言いかけて、燕は苦笑する。その家に住む女に、今朝放り出されたばかりだった。

　金もなく行き先もなく放り出された燕は一日中、公園で過ごしていたのである。

「……特にありません。あちこちを……」

「まあ、そうなの。なら、好きなだけ泊まっていくといいわ」

　驚くべき早さで完食したあと、竹林はあっさりとそう言い放つ。絵という才能を開花させるために、ほかの才能を犠牲にしたのか。あり得ないほどの警戒心のなさだった。

「お家賃は結構だから、食事を作ってくれたら嬉しい。あと、あなたの絵も描かせてね」

　桜を背景に微笑む彼女は、奇才とは思えないほどの穏やかさである。

「黄色のフレンチトーストに、真っ白なお皿。薄桃のグラスに牛乳。すごく春っぽい」

　食後の牛乳を飲みながら、彼女はうっとりとつぶやく。

「私、季節の中では春が一番好きよ。花ならフリージアが一番好き。桜の部屋に黄色のフレンチトーストって、まるで桜園に咲くフリージアの黄色い花みたいね」

　彼女は壁の花を見つめ、少しだけ寂しそうな顔をする。

　燕もつられて壁を見た。しかしそこにあるのは桜ばかりだ。見事なまでの桃色の色彩の中で、フレンチトーストの残骸の黄色が、花弁のように皿の上に散っている。

「あなたは春にいい思い出があるのね。こんなすてきな黄色を生み出すのだもの」

　じっと見つめられ、燕は目をそらした。

　春の思い出などほとんど持ち合わせていない。幼い頃は絵ばかり描いていて、まともに花見に行った記憶もない。両親も、燕が部屋に籠もって絵を描くと喜んだ。

だから燕は、季節を問わず部屋の中でひたすらに絵だけを描き続けていた。

今年の春には夜桜の下で女に拾われた。春に楽しい記憶など、一つもない。

「あなたには色の才能があるわ。ねえ、私、あなたの塗る色が見たいわ。一緒に外にスケッチへでかけましょうか」

「……いえ、僕は描きませんので」

「そう？」

見つめる竹林の目は、柔らかいくせにナイフのようだ。胸の奥に刃を突き立てられたように、燕は動けない。それは痛みだけではない。甘い、ぬるりとした痛みである。

しかし竹林はそんな燕の変化に気づかないのか、にこりと笑った。

燕は諦めて、必死に笑顔を浮かべてみせる。

ここで喧嘩をするのは馬鹿のすることだ。現実問題として燕には今、帰る先も行く先もない。取り急ぎ、寄生先が必要だ。

(どこに住んだって一緒だ……他の女の家と変わらない、どうせすぐに捨てられるんだ)

燕は爪先を掌に食い込ませる。

これまでとは少し勝手が異なるが、女にまた拾われた。いつもの流れだ。

相手が誰であろうと構わない。燕はしばらくの居場所がほしい。それだけだ……それだけだ、と思わなければならない。

（……俺は、絵を捨てたのだから）

だから、こんな生き方しかできない。

「そうそう、燕くん」

竹林は白いナプキンで唇を拭く。そして燕を見上げた。

悪戯を思いついたような顔付きで。

「あなただけに教えてあげるわね。私……魔女の末裔なの」

……やはり、この女は少し変わっているようである。

新し緑の夏銀杏

この家は、絵の具の香りが強すぎる。


「燕くん、燕くん。起きて、起きて」

ちりりと顔を焼く日差しとほこりっぽい空気に燕は咳き込む。

「起きて、ねえねえ早く、早く、起きて」

さらに呑気な声に揺り起こされて、燕は頭を押さえた。

薄目を開けて見上げた天井は、極彩色だ。赤と、オレンジ、それを貫く青灰色の一直線。

それは夕陽の絵だった。突き抜ける青灰色は、飛行機なのだ。煙を吐き出して、夕陽の中を飛んでいく。

天井にどうやって描いたというのか。筆で叩きつけたような絵だ。しかし、なぜか目が惹かれる。乱雑な絵だというのに、目が離せない。

まっすぐ貫く飛行機の煙が、痛々しい。

どの女の家だっただろうか。ぐるぐると記憶を探り、やがて燕は目覚めた。

……どの女、ではない。ここは、竹林律子の家である。

「燕くん、朝よ」


竹林律子は、朝からご機嫌な顔で燕の顔を覗き込む。

昨夜、燕はリビングのソファーでそのまま眠ってしまったのだ。

極彩色の天井を眺め、竹林律子の顔を見て、すべては現実であったのだ。と燕は思う。

絵の具の香りのせいで、昨夜は絵の具に追いかけられる悪夢を見た。

「お目覚め？　おはよう、寝ていてもあなたは綺麗ね」

よほど疲れていたのか、燕はすっかり熟睡していたようだ。彼女はソファーに肘をかけて笑っている。彼女の向こう側にある窓からは、晴天の日差しが差し込んでいた。

「……おはようございます……り……律子さん」

昨夜のことである。彼女をどう呼んでいいか戸惑う燕に、彼女は平然と「律子と呼べばいい」などと言い放った。

自分の母親よりも年上の、それも世界的な画家を呼び捨てにはできない。だからといって、苗字で呼ぶのは「よそよそしい」と彼女は言う。

折衷案として、『律子さん』で落ち着いた。初めてその名を呼んだ時、なるほどこの女性によく似合う名だ。と燕は思った。

「よく寝ていたから悪いと思ったのだけど、でも、とてもいいものが手に入ったから、一緒にどうかと思って」

　彼女はそう言いながら燕をキッチンに誘った。

　キッチンの台には皿が置かれている。まるで空のような色の大きな平皿だ。中身は空っぽ、皿の縁に塩だけが丁寧に盛られていた。

「昨日ご飯を作ってくれたお礼に、私がご飯をご馳走するわね」

　大事そうに彼女が取り出したのは、大きな茶封筒。

「燕くん、手を出して」

　言われるがままに手を広げると、音を立てて封筒の中身が零れ出た。

……銀杏だ。殻に包まれた、それは大きな。

「今朝ね、人が持って来てくれたの」

「時期、早くありませんか？」

　九月に入ったとはいえ、昼はまだ暑い。蝉もまだ煩く、秋の気配はまだまだ遠い。

　そう言うと、律子は笑った。

「珍しいのよ。夏の銀杏。それに、私ができるお料理はこれくらいなの」

　見てて。と彼女は封筒に銀杏を詰めなおす。そして、封筒ごと、レンジの中へ。

「律子さん？　料理って？」

　代わりに返ってきた答えは、何かが弾ける音だ。レンジの熱に当てられて、封筒の中で銀杏が弾けている。

　ぱん、ぱん、と驚くほどの音だった。しかし、律子は怯える様子もなく、レンジを覗き、やがてスイッチを止めた。

「さ、できた」

　ふわりと甘い香りが部屋を包む。湿気った封筒を裂くと、彼女は中身を皿に盛り上げる。

「燕くん、みて」

　宝物を見せるような顔で、彼女は皿を燕に近づける。鼻先に銀杏が香った。いや、秋の銀杏よりも香りが甘い。瑞々しい。臭みのない、爽やかな。

　そして、青い。

「すごく深い、エメラルドグリーン。綺麗ね」

　うっとりと律子が言うとおり、その色は透き通るようなエメラルドグリーン。水色の皿にこんもりと盛られている様は美しかった。

「さあ、冷める前に召し上がれ」

「朝から……銀杏ですか」

　文句を言う前に食べてみて。と彼女が口を尖らせるので、燕は一粒摘まむ。半分へばりついている殻を剥くと、中はまだ熱い。そして柔らかい。

　口にいれて、驚いた。

「……甘い」

　口の中で、ぷちりとはじける。実が張っているせいだ。驚くほど爽やかだ。まるで果物のように瑞々しい。甘い。銀杏の甘い味だ。

瑞々しいのに、ほくっと口の中でほどける。夢中で二つ、三つと口に放り込む。

塩を少しつけると、甘みがさらに際だった。そのくせ、飲み込んだ後にかすかな苦みを感じるのだ。それは銀杏らしい味だった。

「ね。美味しいでしょ。美味しいのよ」

銀杏を摘まむ燕を見て、律子が満足そうに笑った。

「私にはたくさんの教え子がいてね、今でもこんな風に折り折り食材を届けてくれるの」

律子は銀杏の皮を剥きながら言う。

なるほど、この生活力のなさそうな女性が倒れることなく生きて行けるのは、彼女の教え子たちによる、たゆみない努力の結果であるらしい。

「……皆さん、まだ絵を？」

燕はもう一つ、二つ。銀杏を口に放り込む。

食べれば食べるほど、甘みが立つのが不思議だった。ぷちりと弾ける感覚も楽しい。

「ううん。誰も画家にならなかったの。きっと、私に教えるセンスがないのね」

律子はふと、声を落とした。目が寂しそうに揺れる。

(教え子は……居着かないだろうな)

燕は彼女の指を見つめながら、そう思った。天才は教師には向かない。凡人でなければ人に教えることなんてできない。天才は無意識に凡人の活力を奪っていく。

律子を見ていて燕のどこかが痛むのは、自分が凡人であると気づかされるからである。そのくせ、目が離せないのは、やはり彼女が天才だからだ。

「……」

なぜか二人して立ったまま。テーブルの上には銀杏が盛られた皿が一つ。朝の爽やかな日差しが差し込む中で、向かいあって銀杏の皮を剥く。

それが妙におかしく、燕は苦笑する。つられて律子も笑った。先ほど見せた一瞬の寂しさは、朝日の中に溶けて消えた。

「私ね、秋の銀杏にはあんまり興味がないの。色が落ちてるでしょう？　でも新銀杏はこんなに青いの。不思議ね」

彼女が摘まんだ銀杏は、朝日に照らされてやはりどこまでも青かった。

「お皿が空みたいでしょ。塩は雲。この緑は葉っぱ。夏の終わりのね」

「それにしても、塩が多過ぎやしませんか」

「いいのよ、雲だから……あら、これは硬い銀杏。失敗」

律子は一つ摘まんで、残念そうに首を傾げる。

「銀杏は殻を開けてみるまで、小さいか硬いのか柔らかいか分からないの」

律子が持つ銀杏は小さく皺が寄っている。燕はじっと、それを見つめた。

彼女の言うとおり、銀杏の殻は見た目はどれも同じだ。しかし開けてみると、硬いことも腐って灰色になっていることもある。

綺麗な見た目でも、殻を開けてみるまでは分からない。

燕も一つ、殻を割る。それはまだ未成熟で小さく硬い銀杏だ。水分が抜けて、まるで死んだように転がっている。

(俺と、同じだ)

苦笑して、燕はそれを弾くように皿の隅に寄せる。

「捨てますか」

「まさか」

律子は信じられないといった顔で、燕を見上げた。

そして萎びた銀杏をいくつも手にのせて転がす。

「硬くても銀杏は銀杏よ。これを使って何かできないかしら……あ、そうだ。銀杏ご飯ってどう？　真っ白なご飯に緑の粒がきっと綺麗。雲に浮かぶみたいで」

「……やってみましょう」

期待を込めた目で、律子は燕を見つめる。その子犬のような目で見られると、燕の重い気分は無理矢理払拭させられた。

「でも僕は食べたことがないので味は適当ですよ。それに米はあるんですか？」

「あるはずよ。多分……棚の下くらい」

「何十年前の米ですか？」

「あら。運がいいわ。今回のお米はね、最近送っていただいたの」

仕方なく立ち上がり、棚の奥に追いやられていた新品同様の炊飯器を引きずり出す。

（まったく、この家は生活感がない）

炊飯器も鍋も、なにもかもが古いくせに新品だ。使った形跡がない。送られたまま、放置しているのだろう。

律子が言う通り、雑多な棚の下には米の袋が鎮座している。スーパーで見かけるようなビニール袋ではない。高級そうな袋に包まれた、贈答用のものだった。

米を量り、洗う。実家では一度もしたことのないその動作も慣れたものだ。女から料理を習うまで、燕は料理に漠然とした恐れがあった。

何もないところから食べるものが生まれるなど、不自然でまるで魔法のようだった。

しかし慣れとは恐ろしいもので、今は何も考えなくても作れるようになっていた。

綺麗な水の中に沈む真っ白な米の固まり。

水面にぽつりと浮かぶ泡が、朝日を受けて虹色に輝いている。

泡を潰すように、塩を振り入れ、醤油を一垂らし。そこに硬い銀杏を並べて落とす。

ふと目に付いた分厚い昆布を少しだけハサミで切って米の上に浮かべる。

（さて、どうなるか）

重い蓋を落とし、燕は願うようにスイッチを押した。

炊飯器の緩やかな音が聞こえたのは、一時間ほどあとのこと。律子は筆を放り出し飛び上がるようにキッチンへ駆けていく。半分眠りかけていた燕も、伸びをしてあとを追う。

「硬いままですよ……どうせ無理です」

あくびを噛み殺してキッチンを覗き込むと、律子が満足そうな笑顔で燕を迎えた。

「見て！」

炊飯器から立ち上がる湯気が、律子の顔を撫でている。キッチンいっぱいに、炊きあがった米の香りが漂っている。

炊飯器を覗き込むと、律子が箸で昆布の固まりをそっと除けた。黒い昆布の下には、真っ白な米と……ふんわりと膨らんだ緑の粒。

「宝箱みたい」

エメラルドグリーンの綺麗な緑が、輝いている。

「銀杏を救えた気分」

たっぷりよそった銀杏ご飯を前に、律子はご機嫌な顔で笑う。

「味は分かりませんよ、急に言われて作ったので」

ちくりと嫌みを言っても律子には通じない。テーブルに向かい合って手を合わせ、恐る恐る口に運べば、少し癖のある銀杏が柔らかく口の中で溶けた。

「ほらね。駄目な銀杏なんてないのよ、燕くん」

嬉しそうに彼女は銀杏ご飯と、レンジで温めた銀杏を交互に食べる。

「銀杏ご飯のおかずに、封筒銀杏。面白いわね、燕くん」

薄い塩味と醤油の焦げたような香り、そして銀杏の青い香りだ。ただそれだけなのに、どんどんと箸が進み、気づくと二人の茶碗はまっさらな空っぽになっていた。

「ごちそうさま。凄いわ。来年からは封筒銀杏だけじゃなく銀杏ご飯を食べられるわね」

「いや……」

来年以降も燕が居るようなそんな口ぶりだ。その妙な自信が癪に障る。言い返そうとするが、燕はその言葉をそっと呑み込んだ。

……少なくとも少しの間は、この家に住むのが得策だ。そうでなければ、今度こそ公園で野宿になってしまう。

「おかわりはあるかしら？」

律子は燕の気持ちに気づかないまま、踊るようにキッチンへと向かった。

燕は黙って、皿に残っていた青い実を噛みしめる。

ほのかに遠くに香る苦みは、秋を待たずに散っていく銀杏の悲しみの声なのかもしれないと、そう思った。

夏の名残のラタトゥイユ

雨音続く、そんな九月も終わりの頃だった。


燕はソファーベッドに寝転がったまま、気怠げに呟く。

「……律子さん」

しかし返事はなく、返ってきたのは鉛筆の音。雨の音。そして、遠くから響く甲高いチャイムの音だ。

「律子さん、チャイム……律子さん……」

燕は重い瞼を何とかこじ開けて、目を擦りながら起き上がる。

そこは薄暗い部屋だった。周囲はコンクリートの無機質な壁に包まれている。ベッドと棚だけが置ける程度の小さな部屋だった。

……ここは律子の家の一階部分。かつては車庫だったというその場所に今は車はなく、シャッターは下ろされたまま。現在は画板などの置き場所となっていた。

そんな車庫の一角に、コンクリート壁で覆われた一室があるのだ。そこが、燕の部屋となった。

　燕がこの家に来て、三日目のことだっただろうか。

　燕をいつまでもリビングのソファーで眠らせるのはいけない。この家に住むのなら、部屋を与えるのが礼儀だ……という、律子の持論によって、燕に部屋が与えられた。

　いつまでここに住むものか、いつ出て行くかも分からない身としてはソファーのほうが有り難いくらいだ。しかし、決めたらてこでも考えを変えない律子に折れて、燕は一室に入った。

　薄暗い車庫の一角、灰色の壁に包まれた埃の積もる部屋。

　律子は「空いている部屋、ここしかなくて」と、申し訳なさそうに言ったが、湿っぽくて肌寒いその場所が燕には妙に落ち着いた。

　リビングと違って、絵の具の香りがないせいかもしれない。

「律子さん、チャイム……」

　伸びをして燕は足下を見る。

　そこに、律子の小さな背が見える。いつからそこにいたのか、気がつけば律子は燕の部屋に無断で入り込み、壁に絵など描いているのだ。

　今は鉛筆を片手に、必死に壁に張り付いている。何を描いているのかまだ分からない。ただ大きな絵だ。壁一杯に何かを描こうとしている。

　絵の具の香りからようやく逃れたと思ったのに、そのうちここも絵の具の香りが充満するのだろう。諦めて燕は床に降り立つ……と、転がった鉛筆が足の指に当たった。先ほどまで律子が握っていたものだ。拾い上げようとするが、手が震えた。

先端のちびた鉛筆は生々しく、神聖だった。触れることさえ恐ろしく、燕はそっとそれを避けて通った。

「律子さん……ああ。聞こえてないな」

絵に没頭すれば律子は自分の世界に閉じこもってしまう。声をかけても気がつかない。

「見てきます」

目を真っ赤にしたまま必死に絵を描き続ける律子は何も聞こえていない。燕は諦めて玄関に向かう。

しかしチャイムの音は、すでに止んでいた。この家の玄関は二階にあるという少し変わった作りのせいで、燕が玄関に辿り着く頃には訪問者は去った後。玄関ポストには長細い紙が一枚、乱暴に突っ込まれている。

「……荷物」

それは宅配の不在票だった。竹林律子様、商品は食材。それを見て燕は躊躇した。

昔の女に言われたことがあるのだ。

チャイムが鳴っても出ないこと。誰が来ても玄関を開けないこと。

飼われているのだ。と、そのつど実感し、同時に情けなくもあった。そしてその感情も次第に薄れた。

しかし、その言葉は確実に燕を縛り付けていたらしい。今でもこうしてチャイムの音を聞くと身構え、様子を窺ってしまう。

燕は部屋を見渡す。ここ数日、何となく部屋の片づけをした。

おかげで部屋には足の踏み場が生まれたが、いまだに見当たらないものがある……電話機だ。

「律子さん、荷物が来てますけど、電話はどこですか？　再配達、頼むので今度は律子さんが出て下さい」

「分からないのよ……たぶん……どこかに……埋もれて」

不在票を見せつけて律子に声をかけるが、彼女は上の空。振り返りもせず彼女は続ける。

「たぶん……配達員さん近くにいるはずだから、燕くん、外まで見てきてちょうだい」

律子は相変わらず、燕の慣習を破るのが得意だった。

意を決して玄関外の階段を駆け下りれば、外は細い小雨が降っている。最近は気温も下がり、雨が降ると肌寒いほどだった。

想像通り、宅配の車は律子の家から少し離れた場所に止められている。湿気った雨の中、配達員らしい男が荷物を片づけているところだった。

「あの……」

声を出しかけ、燕は止まった。

燕より先に配達員に声をかけた男がいたのである。

「それ、竹林先生へ届ける荷物ですか」

それは大きな黒のこうもり傘を持つ男だ。嫌みなほど高級そうなスーツを着こなし、染み一つない革靴を履いている。その男は雨を蹴るように配達員に近づいた。

「あ……お世話になってます！」

若い配達員は男と顔見知りなのだろう。顔を見ると、安堵したように再び車の荷台を開けて大きな段ボールを取り出した。

男はそれを自然な様子で覗き込み、笑う。

「ああ、やっぱり。私が送った荷物です。また先生はお留守でしたか？」

「ええ、電気は点いてるんですが……」

「いつものことですね」

雨に濡れた段ボールは、遠目に見ても大きい。男は慣れた様子で気安く配達員の肩をたたいた。

「大丈夫、どうせ家まで顔を見に行きますので、私が持っていきますよ」

「いつもすみません」

男は内ポケットから高級そうな万年筆を取り出すと慣れた手つきでサインし、荷物を受け取った。

配達員が去ると、残されたのは段ボールを抱える男と、そして燕。

数メートルの距離、雨の中で向かい合った二人は一瞬、動きを止めた。

見つめ合ったのは十秒にも満たない時間だろう。しかし、それは永久に長く感じられた。

「……あの、荷物……」

口火を切ったのは燕である。男が不審そうに見つめてくるので、仕方なくポケットに突っ込んでいたくしゃくしゃの不在票を引っ張り出す。

「それ、竹林律子……宛ですよね」

どう言えばいいのか、燕は戸惑う。

燕は竹林律子の家の家族でもなければ居候でもない。数週間前まではただの通りすがり。今は荷物を受け取ることくらいはできる関係性。

自分と律子の関係を現す言葉を、燕は知らない。

「……その荷物、僕が持っていきますが」

迷いに迷った挙げ句、燕は不躾に言った。

「ああ」

萎れた不在票を見て、男は目を細める。

男の年齢はよく分からない。三十代ということはないだろう。四十代か、もう少し上か。

動きに隙がなく、目つきが鋭い。撫でつけた髪は一本の乱れもなく完璧に整えられている。

柔和そうな顔だが、油断なく燕の顔を見つめてくる。けして目をそらさないのは自信のある証拠。彼は燕の苦手なタイプの男だった。

「君は……先生の家に？　お手伝いってわけじゃなさそうだ。新しいモデルさん？」

「さあ……」

一歩、男は大股で燕に向かって歩いた。

気圧されるのが癪に障り、燕は無意識に胸を張った。

「時々、描かれるので、モデルでいいんじゃないですか」

「モデルさんにしては、少し不恰好ですね。今まで寝ていたのかな……人前に出るなら、頭くらいは整えておくほうがいい」

時刻はちょうど昼を回ったところか、最近は夜型の律子に合わせた生活を送っているので、時間の感覚が曖昧だ。

燕は男に気づかれないように頭を押さえ、目を細める。

男は律子を先生、と呼ぶ。つまり、律子が言うところの「画家になれなかった教え子の一人」なのだろう。そう思うと胸がすっとする。同時に妙に腹がたつ。

彼の存在は、燕の歩む別の未来だ。

「荷物が来たので、急いで出て来ただけですよ。律子さんが絵に夢中で出てくれないので」

「先生の知り合いということなら、都合がいい。君にこの荷物を渡しておくので、家まで運んでください」

燕の言葉にも彼は動じない。

「どちらさまですか」

「先生が箱を見れば、すぐに分かります」

まるで嘲笑うような笑みを口に浮かべて、男は大きな段ボールを燕の手に落とす。ずっしりと妙に重い箱だった。

「落とさないようにね。食べ物だから」

「家、近いんですか」

伝票に書かれた住所をちらりと見て燕は言う。住所に書かれた場所はそれほど離れていない。画廊という文字が達筆な字で書かれている。

「なぜ？」

「どうせ律子さんが出ないことを分かっていて、ここで待っていたんでしょう」

燕は雨で濡れる段ボールを抱え直し、まっすぐに男を見た。

「これからは、自分で持ってくればいい」

思わず口から漏れた嫌みな一言。

「次からはそうしましょう」

しかしそれは、あっさりと受け流された。


燕が家に戻ると同時に、雨は急に鋭いものとなった。

窓に大粒の雨が当たって弾けている。外は雨で白煙だ。通勤中のサラリーマンが、鞄で頭をかばいながら駆けていく。

雨が地上の熱を奪い、気温が急に低くなる。

燕は冷えた空気に腕をさする。冬服は、前の女の家に置いて来たままだ。

女の顔を思い出そうとするが、燕の頭に浮かぶその顔は、まるでグレーの染みのようではっきりと思い出せない。

背の高い女だった気がする。なぜ追い出されたのか、記憶を探って燕は苦笑した。

（……ああ、男の影か）

ある日、彼女を訪ねて男が来たのだ。誠実そうな男だった。

これまで燕は女に男の影が見えるとすぐさま身を引いてきた。余計なもめごとに巻き込まれたくないためだ。

では、今回はどうなのか。

机に投げ捨てた段ボール箱を眺めて、燕は跳ねた髪を押さえつけた。

（あんな……知らない男にみっともないことを、俺は）

先ほどまでの会話を思い出すと、後悔が胃のむかつきとともに迫りあがってきた。感情的になることなどここ半年なかったことである。いつもの燕なら、適当に流して余計な一言も口にしなかったはずである。

最近は妙に感情が溢れる。漏れる。

律子の家に住み着いて数週間、彼女の性格が色にじみするように燕に染みつきつつある。

「律子さん、荷物が……」

　少し息を整えて燕はリビングを覗く。続いて車庫にある燕の部屋。しかしどちらにも律子はいなかった。絵は途中で描き止められており、鉛筆は床に転がったまま。

「律子さん？」

　最後に、燕がノックしたのはキッチンの奥にある緑の扉だ。そこは律子の寝室であり、これまで一度も足を踏み入れたことはない。

　そっと開けて覗き込めば、薄暗い部屋の中に律子の背が見えた。

「ああ……」

　振り返った律子は、厳しい顔をしている。いつもは優しげな目が鋭く尖り、顔色は影が落ちたように薄暗い。

「燕……くん」

　初めて出会った時にも彼女は一瞬だけそんな顔を見せた。律子は燕の視線に気づくと、大急ぎで目元を押さえ、首を振る。

「ごめんなさい。ちょっと書き物をしていたの」

　彼女は小さな机に白い紙を広げていたようだ。しかしそれには絵ではなく文字が書かれている。彼女にしては珍しい。

「荷物、間に合った？」

「ええ、なんとか……忙しいですか、今」

「ううん。終わったから、いいの」

　律子はさり気なく、その紙を閉じて引き出しに片づける。これも、彼女にしては珍しい動作だった。

（律子さんも、何か秘密を持っている）

　燕は拳を握り、目をそらす。

　そもそも、燕は律子のことを何一つ知らない。

　かつて有名だった女流画家。絵が好きで、寝ずに絵を描くこともある。

　一度夢中になれば周囲のことなど見えやしない。

　色の綺麗な食べ物が好き。

　そして、散らかしたものを片づけない。

　燕が知っていることといえば、それだけだ。

（あの男のことも、今の……そんな表情も、何も知らない）

　それは何ですか、あの男は誰ですか。そう尋ねれば律子は案外素直に答えてくれるかもしれない。しかし、それは同時に燕の秘密を尋ねられる危険性も秘めている。

　自分の過去を、律子に言えるかどうか。想像して、燕は唇を噛みしめる。

「……律子さん、何か食べ物が届きましたので……食事を作ります」

　だから燕は、律子の秘密を見ないふりをする。

「じゃあ、私それまで絵を描いてるわね」

律子もまた、平然と秘密を燕から遠ざけた。

（雨がまたきつくなってる）

通勤も通学も関係のない燕は、窓から外の風景を眺めながら目を細めた。

律子の家は古いビルだが、キッチンに大きな窓があるところがよかった。

そして、窓から人々の営みが見える。普通に生きる人々を見て、どんどんと乾いていく自分の心を感じることができる。かわいそうに。と燕は自分自身に対してそう思った。

（ズッキーニ、ナス、カボチャ、タマネギ。ニンジンに……トマトが大量）

燕は段ボールを開けて、中のものを一つ一つ手にしては雨明かりにかざす。

男が送りつけた箱の中には、驚くほど大量の夏野菜が入っている。

一人暮らしの家に送る量ではない。

燕はキッチンに飾られた野菜の缶詰やオリーブオイルの瓶の行列を見渡す。どれも律子好みの綺麗な色だ。使われた形跡はないが。

きっと先ほどの男が送ってきたのだろうと、予想がついた。

律子に対して異常な執着を見せる男だ。面倒な予感がする。これまでの自分なら、喧嘩もせずに出て行っただろう。

（出て行ってもいいけど）

燕は野菜を机に並べながら考える。

（この大量の野菜を、律子さんは使い切れない）

だから、まだ出て行かない。

まるで子ども騙しのような決意だった。実際、燕はこの家が不思議と居心地がいいのだ。

そして律子に描かれることも、それほど不快ではない。

机の上には、律子の描いた燕の姿が散らばっていた。料理をする燕、眠る燕。絵の中の燕は生きている。

絵の中に映し出された燕は、燕の外見にそっくりだ。しかしそれは焦燥感も厭世観も纏っていない燕だ。絵だと分かっていても、妬ましささえ感じてしまうのだ。

自室から出て来た律子は早速スケッチブックを広げ、鉛筆を握り締める。表情はすっかりいつもと同じものになっていた。そして彼女は、じっと燕の姿を目で追うのだ。

だから燕の背も自然に伸びる。

「燕くん、今日のご飯は？　お腹が空いちゃったわ」

「先に軽いものを出すので待っててください」

燕の目の前、ぴかぴかに磨かれた洗い場の中には水を張った大きなボウル。その中にぷかりと浮かぶのは巨大な秋ナスだ。

青紫に鈍く輝くそれを二度ほどつついて、

「さて」

と、燕は包丁を取り出した。

「律子さん、できました」

まだ雨の音が響く中。燕は小さな皿を片手に振り返った。

キッチンの後ろは広めのリビングが広がっていて、律子はいつもその場所に陣取って絵を描いている。

せっかく片づけたのに、そこはすでに絵の具と画用紙で足の踏み場もない。

そんな画用紙の真ん中で、彼女は新しい絵を黙々と描き続けていた。

「律子さん」

もう一度名を呼ぶ。時には百回呼んでも気づかない時もある。が、今日は幸いにも、彼女は二度目の呼びかけで顔を上げた。

相変わらず目が充血している。よく見れば、目の下には茶色のくまが浮かんでいる。

しかし、笑顔だ。

「燕くん？　え、もうできたの？」

「割とゆっくり作りましたけど」

「あら。私の中ではまだ五分も経ってないのよ」

「時計を買いましょう、律子さん。それも特別大きいやつを」

この家には見渡す限り、時計がない。時計を置いたところで、彼女はそれを見ないし、下手をすれば時計の表面を極彩色に彩って、文字盤など見えなくしてしまうだろうが。

散らかった絵筆や絵の具をはね除けるようにして、彼女の隣にサイドテーブルを引き出す。

そして、その上に皿を置いた。

「お腹空いたって言ってたでしょう」

「あら」

「……晩ごはんまで摘まんでて下さい」

「まあ……まあ、まあ」

彼女はそれをみるなり、筆を投げ捨て机を見つめる。燕はその瞬間が好きだった。

この天才から、絵の時間を忘れさせることができるのだ。それも、燕の料理によって。

「美味しい！」

律子が勢いよくかぶりついたのは、バゲットだ。水分が飛んでしまうほどによく焼いて、その上にフィリングをのせている。

「これ、なぁに？　この緑色の……不思議な色のフィリング、すごく美味しい」

バゲットの上にたっぷりと塗られた薄い緑色のフィリング。それはナスだ。燕も一つ、つまむ。カリリとよく焼けたパンに、とろりとしたナスのフィリング。

パンの表面を覆う香ばしさ、歯を通る柔らかさ、そしてナスのぷちっとした触感。一口で、様々に楽しめる。

「ナスです。ナスのキャビア、貧乏人のキャビアとも言われてるらしいですけど。食感と味がキャビアみたいだとか……まあ僕はキャビアなんて食べたことありませんが」

ナスを焦げ目が付くほどしっかり焼いたあと、皮をむいて細かく刻む。あとはオリーブオイル、アンチョビ、ニンニクとともに、ねっとりとするまで炒めるだけだ。

ここにバルサミコ酢を振ればもっとすてきな味になる。

と、燕に教えたのは昔の女。その女の家にバルサミコ酢はなかったが、幸いにも律子の家には大量の調味料がある。

「本物のほうが、きっと美味しいんでしょうけど」

「本物よりこっちのキャビアのほうが、ずっと美味しいわ」

スナックのように噛みしめて、飲み込む。とろりとしたフィリングは塩気があって、こんな天気の日にはよく似合った。

美味しい美味しいと言って食べる律子に、生活能力はなさそうだ。しかし会話の向こう側に時折過去がにじみ出る。

（……この人はどうやって生計を立てているんだろう）

と、改めて燕は思う。

バゲットを噛みしめて、自分の気持ちに戸惑った。

これまでは面倒が起きそうな時は、すぐに身を引いてきた。女の過去にも興味はなかった。だというのに、今はこんなにも腰が重い。そして律子の過去が気に掛かる。

「濁った淡い緑色のような……グレーがかった青色のような……これ、食べたらもう少し絵が描けそう」

「無理はしないでくださいよ、年なんだから」

年のことを言うと、律子が頬を膨らませる。

「燕くん、淑女に対する礼儀がないわ。それに私は魔女だから平気なの」

「分かってます」

「そんなことより、お部屋の壁、楽しみにしていてね」

最後のバゲットに手を伸ばしながら律子が楽しげに言う。

「壁、寂しい灰色でしょう。だから絵を今描いてるの。壁一杯に絵が広がっていくのよ」

「お気遣いなく」

燕は断るが、律子が聞き入れるはずもない。

壁も床も天井もどこもかしこも、彼女にとっては部屋全体がキャンバスなのである。

燕が一階の部屋に入った日、彼女は壁に触れながら、「壁に燕くんを描かせてね」と、笑って言った。ただ、目がくらむほど無色の世界で。

「燕くんも描いていいのよ」

「……僕が？」

律子はくるん。と目を輝かせる。

「僕がなにを？」

「あら。描かないの？　描いてみればいいのに、せっかく壁があるのに」

描くのが当たり前だというような口ぶりで、邪気のないその言葉が燕に刺さる。しかし律子は自分が言った言葉もすっかり忘れ、目をこすりあくびを一つ。

「眠くなっちゃった」

「夕飯には起こしますから、どうぞ寝てください」

「燕くんはお昼寝していかないの？」

「大量の届け物がきましたので、僕はその整理をしながら晩飯の用意を」

「まあ、生真面目」

鈴が転がるように、彼女は笑う。

「私なんて、ずっと絵ばかり描いてたのに、その間に燕くんは色々してくれるのね」

（途中から描いていなかったくせに）

燕は思うが、口には出せない。

頭の中に、先ほどの冷たい目の律子が浮かんで消えた。


軽食を終えても雨はまだ降り続いている。目の前にどん、と置かれた段ボールを覗き込んで燕は小さく息を吐く。

中には、相変わらず夏野菜がみっちりと詰まっていた。

巨大なキュウリ、ヘタがぴんと立ったナス、つやつやとしたズッキーニ、よく熟れたトマト。採りたてなのか、まだ水を弾くように艶やかだ。

その野菜の上に、一枚、真っ白な便箋がのっている。

燕はそれをそっとつまみ上げる。濃い青のインクで綴られているのは、短いが気取った文章だった。感謝の言葉と弟子をやめたことの後悔と謝罪、そして律子の生活を案ずる余計な一言まで添えてある。

しかし。

(この男は分かっていない)

と、燕は少しの優越感とともにそう思う。律子に恩着せがましく物を贈ったところで、彼女は見向きもしない。律子は自分の興味のあるものしか見ようとしない。

「……ラタトゥイユだな」

段ボールを覗き込んで、燕は呟く。夏が終わる頃に届いた、夏の名残の野菜。

すべて刻んで煮込む、ごちゃまぜのラタトゥイユ。

この料理も、昔の女が燕に教えた。切って煮込むだけだから、これは男の料理だ。と女は言い張った。料理好きの女だったが、ラタトゥイユだけは燕に作らせることを喜びとした。

大きな鍋に、たっぷりのオリーブオイル。熱したところにニンニクを一欠片、香りが出るほどまで炒めたら、あとはそこに切った野菜を落としていくだけだ。

包丁を手にとった途端、律子が顔を覗かせた。

先ほどの手紙を自然に握り潰して、燕はポケットにねじり入れる。

「寝てないんですか」

「何を作るか気になって」

まだ目は赤いがその目は燕の一挙手一投足、興味津々に見つめてくる。

「手伝ったほうがいいかしら？」

「手でも切られたら困りますので、下がっていてください」

「私ね、お台所に立ったことがないの」

「……でしょうね」

大きなナスとタマネギを切る。トマトをそっと潰さないように切る。ズッキーニの柔らかい肌に刃を入れる。パプリカのパリッと弾ける断面を優しく裂く。

そうして切り終わるたびに、鍋に移す。切ってすぐ入れるのが一番いい。切った瞬間、空気に触れた瞬間から、食べ物は熟成を始めるのだ。

熱を持ったオリーブオイルが、野菜の断面に染み込んで黄金色に輝く。じゅ、と美味しい音が鳴る。

鍋の中が、青と緑と赤と黄色に彩られた。

「律子さん、よくそんな生活感のなさでこれまで生きてこられましたね」

「教え子たちがやってくれたから……まあみんな、やめてしまったのだけど」

律子は興味深そうに、鍋を見つめる。

燕は構わず、野菜をざっくりと混ぜた。タマネギ、ナス、パプリカ、ズッキーニ、トマト、塩胡椒、調味料の中にあった、ハーブ。

指で摘んで、全部振りかける。

心の中にあった、ぐちゃぐちゃとした気持ちも考えも何もかも料理に溶けていく。

色んな色が、鍋の中で混ざる。青いナスも緑のズッキーニも黄色のパプリカも、すべてトマトの赤色に浸食される。まるで夕陽のような濁った赤は、夏の終わりの色だった。

律子は鍋を覗いてため息を吐く。

「ごちゃごちゃした、なんて綺麗な色！　私、誰かがお料理をしているのが、すごく楽しいし面白いんだわ。どうして何もないところから、こんなに美味しいものができ上がるの？」

「律子さん、邪魔です」

「じゃあ私、描いてる」

燕の言葉にもめげず、律子は嬉しそうにスケッチブックを抱えると部屋の隅に座り込む。迷いのない腕の動きで、真っ白なページが埋まっていく。

鍋を持つ燕、包丁を握る燕、コンロの火を覗き込む燕。何気ない立ち姿を彼女は一瞬で切り抜く。

真っ白な紙の何もないその場所に、なぜ風景をそのまま写し取れるのか……言いかけて、燕は口を結ぶ。

鍋の中、ラタトゥイユはくつくつと音を立てて柔らかい湯気を上げ始めた。

湯気の向こうに見える窓は、すっかり夜の色だ。

「……律子さん、味見します？」

「え？　いいの？」

蓋をそっと外すと、水滴がコンロの火に弾けて音を立てた。

覗けば野菜は煮詰まっている。夏の野菜からは驚くほど水分が出るのだ。炒め煮するだけで、野菜は自分自身の持つ水分だけで柔らかく煮込まれる。

「ズッキーニはちょっと苦手なの」

「どうせ混ざってみんな同じ味ですよ」

二つの小皿に柔らかくなったナスとズッキーニをのせ、一つを律子へ。ゆらり、と立ち上るのはニンニクの甘い香りだ。野菜の中で煮込まれるとニンニクは甘く香る。

「ねえ、燕くん。味見って幸せよね」

美味しい、とも不味い。とも律子は言わない。ただとろけるような笑顔を浮かべる。

一口食べた燕も、もう難しいことを考えるのをやめた。

「特別な感じがするんだわ、できたてのご飯の味」

ナスとズッキーニがトマトをまとって口の中でとろける。それは、夏を追憶する味である。

夕暮れナポリタン

律子の声は、その性格に反して落ち着いたものだった。

低く掠れるような声である。緩やかで耳になじむ声である。

昔、彼女はその声で、洋画の吹き替えに出演したことがある。

二十年も前、燕が生まれる前に作られた映画だ。その中に出てくる、古いホテルの支配人の声を律子が当てた。

海沿いの古びたホテルに夕陽が差し込みすべてがオレンジ色に染まる中、混迷の縁にある主人公が戻ってくる。支配人は彼を出迎え、二人の長い影が壁にくっきりと黒い跡を残す。

静かに、まるで歌うように支配人がささやく。『外に出ましょう。夕陽がきっと綺麗よ』

そう呟く声が、燕の耳に今も残っている。

「やだ。そんな古い映画……。吹き替えなんて初めてで……棒読みだったでしょ」

その話をすると律子はひどく照れて顔を覆った。耳も首も真っ赤に染まっている。

「出たのはあの映画一回きりよ。あれはとても……ストーリーが好きだったの」

有名人を起用する、そんな映画会社の思惑が見え隠れするものの、確かに筋は悪くない映画だった。ただ話が緩やか過ぎたせいか、それほど売れることなく、終わっていった。

「燕くん、そんな古い映画いつ観たの？」

「高校の時に」

「……そんな古い映画どうやってみつけたの」

「レンタルで」

「変なの、変なの」

「そんなに変ですか」

律子の言葉を燕は敢えて無視した。

「少し寝てきます」

軽い朝食ののち、急に眠くなった。深夜型の律子のせいで、最近は燕の体内時計も昼夜が逆転していた。あくびを噛み殺し、燕はさっさと自室に引きこもる。

コンクリートがむき出しの壁には、律子の描いた絵が広がっていた。それは、木の絵だ。

これは柏の木である。と彼女は言った。

下書きは終わり、すでに色が塗られつつある。まだ淡い色だが、ここからどんどんと色が重なっていくのだろう。

壁に恐る恐る触れて、燕はうっすらと記憶を辿った。

（あの、映画は確か……）

……燕が思い出していたのは、律子が声を当てた映画の記憶。

（ああ。雑誌に載っていたんだ）

父親が放り出していた古い絵画雑誌に、その情報が載っていた。

普段は雑誌など読まないのに、燕が手に取ったのは表紙の絵に惹かれたからだ。

表紙一面は、黄色く揺れるフリージアの絵だった。目に刺さるような鮮やかな色合い、色彩の海のようだった。丸い花弁を持つ花の名を、燕はその時初めて知った。

そして、この鮮烈な黄色のフリージアを描いたのが竹林律子という変わり者の女流画家であることも、彼女が映画の吹き替えにチャレンジしたことも、燕はその時初めて知った。

雑誌には彼女の写真も小さく掲載されていたはずだ。

メディア嫌いで有名な女画家が映画に出た……映画は上映当時、少々話題になったようだ。

メディア嫌いの画家だというのに、随分浮ついた話である。古い映画になど興味はなかったが、偶然見つけて何となく借りてみた。

真剣に見るつもりはなかったが、垂れ流しているうちに気がつくと引き込まれていた。

中東の海沿い、田舎町が舞台だ。物語は静かで緩やかで、もの悲しかった。律子が声を当てた女支配人は常に夕陽に照らされていた。そのせいで、深い影のある女だった。

その声を、台詞を、燕は不思議と今でも覚えている。

（そうか、俺はあの時に律子さんを知ったのか）

燕はゆるゆると、ベッドに吸い込まれて目を閉じる。

そしてその声がきっかけとなり、燕は彼女の絵や写真を探した。絵を真似て描いたこともあるが、どうしてもその色を出すことができなかった。その才能に驚き嫉妬さえした。

しかし、振り返ればあの一声が律子との出会いであった。


「おはよう、燕くん」

そしてその時の声は、今、燕の隣で響いている。

「まだ眠い？　さあ、そろそろ起きて」

当時よりも声はさらに低くなった。その分、深みがでた。

「燕くんは寝顔も綺麗ね」

「……人の寝顔を覗くなんて趣味が悪いですね」

静かな声に揺り起こされて、燕は目を開ける。目覚めの瞬間は常に無防備だ。開いたばかりの目に、女の笑顔が見えた。

ベッドの上から覗き込むように律子が燕を見つめている。

目が合うと、彼女は目尻の皺を深くして笑った。

「綺麗だったから見ていたの。眠っていると肌の色がすっと消えて、無色になるのね」

律子は真上から燕を覗き込む。蛍光灯の灯りが律子の顔で遮られ、燕の視界は薄暗い。

燕の身体の上には、律子がかけたであろう様々な布が散らかっている。タオル、シャツ、ハンカチ。彼女の絵と同じく、それは色も様々に。

「また、色々とかけましたね」

「絵の具を使うから扉を開けていたの。何もないと寒いでしょ」

昼前、軽い眠気に誘われ、自室のベッドに寝転がった。そこから記憶が途絶えている。

久々に惰眠をむさぼってしまった。と、燕はあくびを噛み殺して起き上がる。

何に遠慮をすることもない生活だというのに、昼から眠ると妙な嫌悪感と罪悪感が襲う。

今は何時頃だろうか。と思いながら伸びる。息を吸い込むと、絵の具の香りがした。

「僕も男なので。あまり綺麗綺麗と言われるのは……まあ、言われ慣れてますけど、時々不愉快に感じることもあります」

「あら。絵を描く人間は、表面の皮だけをみて、綺麗とか汚いって言うわけじゃないのよ」

律子の手が色に汚れている。部屋の壁に色を塗り足していたのだろう。

手の汚れと心地よい疲労で包まれた顔を見ると、燕のどこかが痛んだ。それはすでに捨てたはずの、プライドの欠片である。

「……さあ、分かりません。僕は絵を描きませんので」

「私は描くわ。ほらみて。かなり進んだわ」

律子は胸を張って壁を指さす。

燕を描かせて欲しい、そういって描き始めたはずである。

しかし彼女はそこに、木を描いた。

鬱蒼と、葉を茂らせた木。大きな鋸歯を持つ葉。その木がどんどんと増殖しつつある。

「私、柏の木が一番好きよ。綺麗で気高い木。なぜか分かる？　柏の木は、葉が落ちないの。

新芽が出るまで、けして葉を落とさないの」

律子は壁を撫でる。

「桜のようにすぐに散る花も美しいけど、けして散らない木は美しいわ。柏の木を部屋いっぱいに描きたいの。気に入って貰えるかしら」

「気に入るも気に入らないも、僕が決めることじゃないですから」

四方を囲む柏のまっすぐな木々。まるで森のような風景の中に人の気配はない。動物もいない。ただ、ただ、木ばかり。

緑の葉に注ぐ光が木漏れ日となって幹に注ぐ。夕陽の色である。これから訪れる夜を予感させる色だった。

(変だ)

ぼんやりと眺めていた燕は、ふと違和感を覚えて目をこする。

光の色には赤があり紫があり、緑がある。しかしそのどこにも、黄色が使われていない。

(黄色が、ない)

燕は立ち上がって壁をしげしげと眺める。

「律子さん、黄色は使わないんですか?」

燕の頭に浮かんできたのは、強烈なフリージアの黄色。彼女と出会った時、黄色のフレンチトーストを作ったのは、頭のどこかに律子の絵の記憶が残っていたせいかもしれない。

律子の黄色。それは彼女の代名詞でもあった。

この家に来て様々な彼女の絵を見た。三階にある春の部屋を見た。

どこか物足りなかったのは、黄色がどこにも使われていないからだ。家に転がる絵の具にも、黄色はどこにもなかった。

「……必要がないから使ってないのよ」

燕の指先が震え、腹の底が冷えた気がした。

たったそれだけのことが、とんでもなく恐ろしいことのように思えたのだ。

しかし彼女はさりげなく流して、燕を見上げる。

「それよりお腹が空いたわ、燕くん」

その表情に、燕はあっさりと現実に引き戻された。

つまり、彼女は腹を空かせている。

「ずっと描いてたんですか？」

「あら。ずっと、なんてことはないの。途中で燕くんの寝顔をスケッチしたりもしたわ」

心外だ。というように口を尖らせる律子を見て、燕はため息を吐く。

「ところで何時です」

「十四時だったかしら……えっと、十三時だったかも……」

この家には時計がない。さらに燕の部屋の窓はシャッターが下ろされていて外の風景は見えない。彼女が口にする時刻というものは、大体当てずっぽうのものばかりである。

つまり今の時刻は、

（夜か……もしかして、夜中か？）

と、燕は考える。

「じゃあ、そろそろ晩飯の支度をしてきます」

「最近寒いから、温かいものが食べたいわ」

「曖昧ですね」

燕は冷えた腕をさする。最近は気温差が激しく、昼が終わるとひどく冷える。

「そうね……」

律子は洗いたての筆を優しく撫でながら、首を傾げた。

「夕陽の色の食べ物……それに、若木の緑色」

……漏れた言葉は掠れた、少しハスキーな。

「きっと綺麗よ」

それはあの映画の声と、同じだった。


律子は時折そうやって、食事を色で指定してくることがある。

キッチンから見える外は真っ赤だ。外は夕陽で茜色、そろそろ日の入りだ。時刻は十七時、もしくは十七時三十分か、それくらい。

「……さて」

窓の隙間から秋の空気が染み出して燕の手を冷やす。夕陽が部屋を真っ赤に染めている。

寝起きの頭を振り払うように、燕は机に食材を並べた。

タマネギとピーマン、マッシュルームにソーセージ。

(……卵は……いいか)

白い卵を一度掴んで、また戻す。彼女の絵に黄色はなかった。ここで黄色を入れるのは、無粋な気がした。

(野菜を刻んで……パスタをゆでて)

野菜を刻む間に、大きな鍋に水と塩を一振り。光る鍋底から大きな輪が湧き上がる、輪が弾け湯気が上がる、その一番いいタイミングで一握りのパスタを放り入れる。

(……限界まで、柔らかく)

できるだけ柔らかく、じっくりと時間をかけてパスタを湯の中で遊ばせる。それがきっと今日の料理には合う。

パスタがゆで上がる直前、燕は大きなフライパンを火にかけた。そこに落とすのは、たっぷりのバター。熱に触れ、じゅくじゅくと溶けて広がる。

バターが焦げる直前まで耐えていると、パスタが仕上がった。野菜も準備万端。

すべてをまとめてフライパンに投げ入れると、焦げたバターの香りが部屋に広がる。

(……焦げそうでも、強火で)

バター、パスタ、野菜が高熱で一気に混ざり合っていく。焦げそうになっても、腕を動かしている限り、あせることはない。

バターの熱ですべてが柔らかくなったのを確認し、上からたっぷりのケチャップと塩胡椒、コンソメ少々。

調味料がフライパンに当たると、音とともに香りがはじけた。

「まあ。懐かしい匂い」

「ええ、ナポリタンです」

「喫茶店でよく食べてたの。昔、両親が連れていってくれたものだわ、懐かしい」

いつの間にキッチンに来ていたのか。律子がうっとりとフライパンを覗き込む。

「熱くて甘くて柔らかくて」

律子の体を避けながら、燕はフライパンを揺らす。箸でざっくりと混ぜる。

ケチャップの甘い赤は、鮮やかな赤ではない。淡い色だ。落日の色だ。夕日が染み込んだような、色だ。そこに、鮮やかなピーマンの緑が映える。

（……よし）

仕上げに、少しだけ砂糖を振りかけて、さらに牛乳を染みこませる。尖った香りが、優しいものに変わった。

「砂糖と牛乳？」

「ええ、少しだけ……まろやかになりますから」

一気に火力を上げて炒める、熱を加えて混ぜ込む。そしてまだ、クックッと音を立てているタイミングで火を止めた。フライパンの端に付いたパスタがバターで焦がされ、薄く茶色になっているのが食欲をそそる。

燕はテーブルの上の鍋敷に直接フライパンを置いた。熱い料理は熱いうちに食べなければならない。それは燕に料理を仕込んだ女の信念であった。

思えば燕の料理の信念は、すべて過去の女に彩られている。

「あとは昨日の残りのスープでいいでしょう」

「……美味しい」

早速、フライパンからパスタをすくい上げた律子が感嘆の声をあげた。

「とっても香ばしいわ、燕くん」

フォークにたっぷり絡まるそれは、柔らかいパスタにカリカリに仕上がったソーセージ、くたくたのタマネギとピーマン。

つられて食べると、口の中に甘みが広がった。トマトの持つ尖った甘みが牛乳で蕩ける。夕陽が差し込むせいなのか、ナポリタンの彩りが深くなる。

「律子さんピーマンよけてます?」

ふと顔を上げると、律子は小皿にピーマンを避けていた。指摘すると、まるで子どもみたいにむくれてその小皿を手で隠す。

「ちょっと置いてるだけよ」

「ちゃんと食べてください」

「……私ピーマン嫌い」

「じゃあなんで、緑色を入れろなんて言うんです」

「だって色が綺麗だもの」

しばし逡巡していたようだが、やがて覚悟を決めたようにピーマンを口に放り込む。噛みしめる。そして笑顔になった。

「不思議ね、このピーマン苦くないの。ケチャップのせいかしら。それとも柔らかいから？」

「……それはよかった」

ねっとりと味の絡んだナポリタンは、すべてが柔らかい。野菜も、パスタも、甘く酸っぱく一つの味になっていく。

郷愁の味だ。それは不思議と、高校生の時に見たあの映画のワンシーンに繋がる。

柔らかな夕陽の色。女の影。甘い声。黄色がないだけで、影は一段と暗くなる。

「夕陽もナポリタンもオレンジで綺麗。あとで、オレンジの色で燕くんを描いてもいい？」

「どうぞお好きに」

フォークにたっぷり絡めた夕陽色のパスタを食べながら、燕は窓の外を見る。

夕暮れも終わる頃。夜を予感させる紺色の雲の隙間、烏が一羽飛んでいくのが見えた。

過去と未来と思い出深夜サンドイッチ

その女は、深夜の風景がよく似合う。

「つばめ、こっち」

真っ暗な公園の片隅で、女が手を上げたので燕も軽く右手を挙げて応える。

女は白いスーツをしわ一つなく着こなしていた。背筋もピンと伸び、立ち姿も完璧だ。しかし、黒い髪は疲れたように肩の辺りで揺れている。夜のせいなのか、白い顔には薄く疲れが浮かんでいた。

『仕事帰り、外で会うなら暗がりがいい』

女が最初に、燕に言った言葉だ。

結局この女は、何歳だったのだろう。と燕はふと思う。夏の初め頃に道で拾われ、夏の香りがする部屋で一ヶ月ほどを一緒に過ごした。

律子の家に行く直前まで、一緒に暮らした女だ。

綺麗な女だったが夜には陰影が浮かぶ女だった。部屋はいつも薄暗く精彩を欠いていた。

「つばめ。はい、約束のもの」

「……」

女が渡してきたのは大きな紙袋だ。見た目に反して、受け取ると軽い。

「服と……あといろいろ。たぶん、それで全部だと思うけど」

「そう」

中を見ることなく、燕は言った。この中に入っているのは、女の家に残して行った燕の服にノート、そしてペン。それくらいだ。

受け取るつもりもなかったが、先日たまたま道ばたで女と出会った。燕を気遣う形ばかりの言葉とともに、今日の深夜を指定された。

部屋に残した荷物を、引き渡すと言うのである。

「捨ててくれてよかったのに」

「そんな薄情な女だと思った？　あ。あと、これも」

女は苦笑して、小さな鞄を探る。彼女が差し出したのは、小さなスマートフォンだった。すっかり存在も忘れていた。どうせ、学生の頃からほとんど使ってもいない。

彼女はあくまでも大人の顔で、その小さな固まりを燕の手に押しつける。

「中は見てない。でも充電はしておいた。いつか……つばめから、電話があるかなって、そう思って」

「これこそ、捨ててよかったのに」

「そんなこと、できるわけないでしょう」

「……そう。じゃ」

「待って」

受け取るなり背を向けた燕の腕を、女が軽く掴んだ。指の先まで整えられていて、まるで人形のようだった。

「……帰ってこないの？」

「そっちが俺を追い出したんだろう」

「……あれは……あれは少し言い合いというか」

女がふくれて呟く。顔がどんどんと俯く。白い指は所在なげに髪ばかり弄っている。

「別に本気じゃないというか」

「結局、お前は俺に飽きたんだろ」

燕は苦笑した。出て行こうとすると引き留める女はこれまでも幾人もいた。燕を追い出すくせに、本気で出て行くと寂しがる。

だから燕は女と住む時、必ず宣言するようにしている。

……女が出て行けと言ったならば、それが例え冗談の言葉であったとしても、たった一度で燕は出て行く。

「だから、出て行く。約束だろう、最初から」

けして撤回はしない。それが燕から出す条件だった。

「そういう冷たい性格も好きだったんだけど……寂しい」

女もその約束を思い出したのか、苦笑を浮かべる。

「新しい女でもできた？」

「……」

「顔が綺麗って、得ね」

暗がりから虫の声が聞こえた。すっかり秋の声だ。

今日は昼から雨が降った。そのせいか、秋が一段と深まった気がする。皮膚に当たる風も冷たい。秋の寒さは、皮膚をちりりと焼き付けるような冷たさだ。

自転車に乗ったサラリーマンが公園を横切っていく。大音量で音楽を聞いているのか、音が漏れて陰鬱な空気を振り払った。

「あ。待って」

去ろうとする燕に、女が慌てて声をかける。

「これも、持っていって」

彼女が続いて差し出したのは、大きな紙袋。押しつけられると、ずっしりと重い。

小麦の柔らかい香りが、袋から漂う。

「だめね。つい癖で買っちゃった」

それは女の家のすぐ近くにあるパン屋の食パンだ。食パン専門店といってもいいほど、壁にも机にも食パンがずらりと並ぶ店である。

その食パンを初めて食べた時、燕は心の底から美味しいと思った。

小麦がぷん、と香る。弾力があるのに、柔らかすぎない。もっちりと、歯に当たる。

燕の見せたその表情がよほど気に入ったのか、女は毎日のように食パンを買ってきた。

「そっちで食べればいい」

「知ってるでしょ。私、一切料理しないの。トーストも作らない」

女は綺麗な指を目の前で大きく広げて見せる。水仕事などしたこともないような白い指。

作り物のような指が鞄から小さな箱を取り出す。

「あと、つばめの煙草も」

「捨てといて、吸わないから」

「いいから」

女は煙草の箱を燕のポケットに押し込む。煙草も燕が好んで吸ったわけではない。

女は夜が更けるとバーに燕を連れて行きたがった。そして酔っ払うと必ず、燕に煙草をせがんだ。

自分が吸うわけではない。煙草を吸う燕をただ見つめるだけだ。

昔の男が、ヘビースモーカーだったのだろう。煙草を構える燕を見て、彼女はいつも切ない顔をした。

吸えない燕は、いつも指に挟んで吸う真似だけをした。指の間から漏れる煙だけを、見つめていた。

「つばめ。顔、落ち着いたね」

「顔？」

「会った時はひどかったけど、前より落ち着いたみたい。次の女が、そうさせた？」

「……」

「私じゃ、駄目だったんだ」

切ない顔をして女は顔を俯ける。しかし、数秒後に上げた顔は微笑んでいた。

「じゃあね」

薄闇の中で手を振り、女は未練もなく背を向ける。

寂しがる風を見せて、そのくせ諦めが早いのが女の常だ。燕は何人も、そんな女を見てきたし、そんな女から捨てられた。

（……そういえば）

今の律子の家には、なりゆきで住むこととなった。いつも女と結んでいた約束は、今のところ律子とは交わしていない。

つまり、出て行けと言われたならば燕は迷いなく出て行くという約束だ。

しかし律子はそんな言葉を使うことはない。そんな予感はする。

そして、彼女がそう言う時は本気の時だ。

もし言われたならば、

（……少し寂しいかもしれないいな）

と、燕は冷たい秋風を吸い込んで思った。それは久々に目覚めた、懐かしい感覚だった。

律子のビルは、夜に見上げると薄暗く不気味だ。

年代物の古いビル。深夜でも灯りは消えない、眠らないビル。

(……まだ絵を描いてるのか)

しかしその灯りを見つめると、燕の中にあった緊張感が解けていくのだ。

律子は一日のほとんどを、リビング兼アトリエで過ごす。

つまりそこに灯りがあるのは、律子がそこにいるということだ。

(郵便受けには、書類と請求書と……これは雑誌か)

郵便受けを覗き、燕は適当に中のものを掴む。電気やガスの請求書。どこかの画廊の案内葉書、そんなものに混じって、少し厚めの封筒がみえる。表には美術雑誌の名前が刻まれていた。慣習的なものなのか、今でも律子の家には月に何冊も美術雑誌が届く。

燕は光のない階段を、手探りであがる。そして扉を開ける……と、中から律子の跳ねるような声が聞こえた。

「燕くん!」

「律子さん?」

彼女はソファーに力なく沈んでいた。燕の姿を見ると、まるで子犬のような顔をして、ふらふらと駆け寄ってくる。触れた手は、冷たい。

「ああ。よかった。燕くん、よかった」

「律子さん、何かありましたか」

見渡しても部屋には異常はない。何かあったのか、焦って燕は荷物を落とす。が、彼女が指し示した流し台を見て肩を落とした。

「お腹が空いて倒れそうなの」

蛍光灯に輝く流し台。そこには一人分の茶碗と皿がきちんと水に沈んでいる。

燕が外に出たのは夕方前だ。その前に、律子の夕食として、きっかり一人分の食事を用意して出て行ったはずだ。

「あれは、夕飯用にと、言っておいたはずですが」

「お腹が空いてすぐ食べちゃったの」

情けない顔をして、律子は腹をさする。燕はため息をついて、律子の肩を叩く。

「……律子さん、何度も言いますが」

細い肩だ。律子は、やせ形である。骨が細いのか、華奢な体型である。

しかし、よく食べる。大食漢だ。

絵に集中すれば何日食べなくても平気だが、描く手を止めた瞬間から食べ始める。

そして、食べ始めるといくらでも食べる。

「あればあるだけ、食べるのはやめてください。きちんと、時間を見て食べる癖を」

「でも、お腹が空くのよ。絵を描いてると。それに今日、お昼過ぎから雨が降って外がずっと暗かったでしょう？　もう、夜だと思ったの」

　彼女の手には青の絵の具が鮮やかに染み込んでいる。また夢中で描いていたのだろう。

「お腹が空いたわ、燕くん」

「もう深夜ですよ。胃もたれしませんか」

「お腹が空いたの」

「といっても何か食材……ああ。これがあったか」

　ずしりと手に感じる重みを、燕は思い出した。先ほど女から押しつけられた食パンだ。紙袋を覗き込めば、小麦のいい香りがする。

　表面が薄茶色に焼けて、中はもっちりときめ細かい。

　焼いてしばらく経っているのか、生地が冷めて落ち着いているのもよかった。

「ちょっと待っててください。荷物を置いてくるので……あと、郵便受けにこれが」

「待って、待って」

　雑誌の入った封筒を開けようとした燕の手を、珍しくも慌てた様子で律子が止めた。

　触れた手は、先ほどよりもさらに冷たい。

「大丈夫。私が片づけておくから」

「律子さん、それは？」

「別に。燕くんも、今日は荷物が多いのね？」

　ちらりと律子に見つめられ、燕は渋々雑誌の封筒を手放す。律子は明らかに燕に対して何かを隠している……そんな気がする。

しかし、燕には探るだけの強さがない。今、燕の手にぶら下がった荷物の存在が、燕からその勇気を削いでいく。

「僕も……片づけてきます」

荷物からは女と夜の香りがするのだ。それを隠すように抱え、燕は自室へと急いだ。薄暗く肌寒い部屋に入ると、まずスマートフォンの電源を入れる。

（田中（たなか）だ……）

久しぶりに見たその画面には、いくつかの電話着信とメール未読のマークが輝いている。親と、大学の友人。着信は数え切れないほどあるが、それも九月の終わり頃には止まっていた。メールはつい二週間ほど前のものが最新だ。

（学祭が十一月にあるから、それにはぜひ来て欲しい……か）

一番多く届いているメールには、田中という文字が刻まれている。大学初日に燕に話しかけてきた男だ。ずけずけとものを言う男で、その性格通り絵も色も大胆だった。なぜか妙に燕に懐き、退学しようとする燕を留めて休学にするように何日もかけて説得してきた。

顔はあまり覚えていないが、彼の名前を見て声を思い出した。そして同時に、大学の風景が頭にぼんやりと浮かぶ。

（一階に大きなデッサン教室、二階に石膏と、その奥に電気の消えた備品室……）

光るスマートフォンの画面を眺めながら、頭に浮かぶのは大学の教室だ。人の顔は思い出せない。ただ浮かんでくるのは風景だ。大きなイーゼル、絵の具の香り、汚れた作業着。

八ヶ月ほど前、春の直前まで燕はそこにいた。


いつ絵を描くようになったのかなど、もう覚えてもいない。文字を書くより先に絵を描いたはずだ。両親が燕にそう仕込んだ。

絵描きを目指し絵描きを捨てた両親は、その傷だけで繋がって結婚したらしい。

そして彼らは一人息子に、夢を託した。燕が絵を描けば父も母も喜んだ。しかし、両親が喜ぶのは燕が上手に絵を描けた時だけだ。どうすれば両親が喜ぶのか燕は考え、やがて辿りついた答えは絵の模写だった。

家には腐るほど美術雑誌があった。人気の絵を、話題の絵を、有名な絵を、ただひたすらに模写し続けた。その絵を見せれば親は喜び褒めてくれた。

しかし大学で、燕は現実を叩きつけられた。

気がつけば燕は、何もない所から絵を生み出せなくなっていた。自分の色も、線もない。そこにあるのは、父や母が好んだ絵柄。人を真似ただけの、ただの空虚だ。

燕が模写を捨て自分の絵を描く決意をしたのは昨年の夏前のこと。しかし、学内の絵画コンクールに向けて必死に描いた絵は、ぞっとするほどひどい出来だった。実際、半年後に出された美術専門家による講評ではさんざんにこき下ろされた。模写だ。まねごとだ。この絵には、まったくもって骨がない。書かれた文字に血の気が引いた。

その講評の言葉は燕の心をえぐり、その日は両親の顔を見ることもできなかった。自分は絵が上手いのだ……そんなプライドだけが燕を支えていたのだ。

きっと、友人たちは鼻で笑っているのだろう。そう思うと足が震え、描けば描くほどに駄目になった。友人も大学も、親も皆が燕を馬鹿にしている。そんな気がした。

プライドは音を立てて崩れ、水の中へ沈むような心地だった。息もできず手を伸ばしても誰も助けてくれない。

そうなった時、燕ができることといえば絵を捨てることだけだった。

燕に絵を仕込んだ父も母も、嫌悪の対象となった。ただの子どもっぽい八つ当たりだ。分かっていても、そこから逃げ出す以外、生きる道を見いだせなかった。

あのまま立ち止まっていれば、今頃燕は水底に沈み込んで息を止めていただろう。

「……くん？」

ようやく、息ができるようになったのは、最初の女に拾われてから。

「つ……」

目が開いたのは、この家に来てから。

「……ばめくん？」

そして、絵を恐れなくなったのは、ここ最近の話。

「燕くん？」

「……あ」

冷たい手が、肩を揺すっている。それに気づいた瞬間、燕は手からスマートフォンを取り落とす。それはベッドの横に滑り落ち、淡い光を放ってすぐ消えた。

「あら。ごめんなさい。何か大事なものが……燕くん、大丈夫？」

「すみません。ちょっと、考えごとを。すぐ作ります」

落ちてしまったスマートフォンには見向きもせず、燕は律子の背を押し部屋を出る。

「やっぱりもう夜も遅いし、私、晩ごはんは我慢する……」

「すぐですから」

気遣う律子だが、腹はぐうぐうと情けない音を立てていた。

燕は急いでパンを袋から出すと、キッチンに立つ。冷蔵庫を覗けば、少しの野菜と牛乳がある。

牛乳をマグカップにたっぷり注ぐと、レンジで温める。沸騰しない程度の、ほどよいところで引き上げて砂糖と少しのバニラエッセンス。

「待っていてください……お腹が空いているなら、とりあえずはこれを」

「ホットミルク！」

両手でマグカップを受け取ると、律子はミルクにふうふうと息をかける。一口飲んで、さも幸せそうに微笑むのである。

「美味しいわ。ミルクは色も綺麗だし、私大好きなの」

にこにこ無邪気に微笑む天才を見て、燕は呆れたようにため息を吐いた。カップに注いでレンジをかけるだけ。たったこれだけのことを、彼女はできないし、しない。

「それくらいは作れるようになってください」

「燕くんが作ってくれるからいいの」

「……もし僕が」

出て行けば、どうなるのか。言いかけた言葉を燕は呑み込む。

「いや。なんでもないです」

あまりにも傲慢な言葉を燕は呑み込む。これまで律子は一人で暮らしてきたのだ。燕は最近、彼女の日々に入り込んだに過ぎない。

これまで燕がいなくても、彼女は暮らしてきた。燕がいなくなっても、彼女の生活はこれまで通り続くはずで、困ることは何一つない。それは燕のうぬぼれだ。

燕は彼女の過去を知らないし、彼女も燕の過去を知らないのである。

この暮らしはただ一瞬の脆い関係だ。

「あら、燕くん、煙草吸うの？」

大人しく椅子に座ってホットミルクをすすっていた律子だが、ふと床を見て声をあげた。女にポケットにねじ込まれた煙草の箱がポケットからこぼれ落ちたのだ。

「懐かしい匂い」

律子は興味深そうに煙草を一本取り出すと、指に挟んだ。

鮮やかな絵の具に染まる指に、白い煙草。律子は不思議と、煙草の似合う女である。

「こうして挟むのよね」

「まさか律子さん、吸うんですか？」

「吸わない吸わない。違うの、ただ、懐かしくて」

律子はころころと笑い、指に挟んだ煙草を見つめる。目が細く円を描いた。切なそうな色が、一瞬だけ見える。

「夫が吸ってたの」

「……夫」

燕の足先がすっと冷える。頭に浮かんだのは、先日道で出会った、あの嫌みな男だ。しかし、彼は夫というには若すぎる。

他に候補といわれても、浮かんでこない。昔読んだ美術雑誌には、彼女の私生活は書かれていなかった。

「あ。でもね籍は入れてないのよ」

律子はたどたどしく、煙草を箱にしまう。そして両手で箱を掲げ持ち、微笑んだ。

「その前に、死んでしまったから」

燕は素早く律子に近づき、その手から煙草の箱をもぎ取る。煙草にまつわる思い出は、どちらも苦い。

箱を見ることもなく、燕はゴミ箱にそれを投げ入れた。

「捨てます」

「あら。いいの？　高いんでしょう。今は」

「いいです。僕は吸いませんので」

律子の顔も見ず、燕は素早くキッチンに戻る。まな板にのせられたパンは、今の気分に似合わない幸せの柔らかさだ。

それにそっと包丁を入れる。薄めに四枚だけ切り分けて、上にバターを薄く塗り込んだ。

「……マスタード……はないのか。じゃあ、辛子で」

冷蔵庫を覗いて、燕は目を細める。あったのは、チューブの辛子だ。それも薄くパンの上に塗る。白に、くすんだ芥子色がよく映える。

（もう一つ、作るか）

残ったパンは、思いきって大きめにカットした。

分厚く切ったその柔らかい表面に少しだけ穴を開け、ホワイトソースの缶を開ける。たっぷりとソースを落とすと、チーズを手づかみいっぱいに。胡椒を挽いて、それをオーブンにセットする。

「なあに、なあに、トースト？　それともサンドイッチ？」

「まずは前菜代わりです」

律子がちょろちょろ顔を覗かせるが、それを無視して燕は再度、冷蔵庫の中を覗く。

いくつかの野菜やハムに混じって、一本のキュウリが残っている。

（前の女が好きだったのは、ハムのサンドイッチ……）

ハムは無視する。燕はまっすぐ、キュウリを手に取る。

そしてそれを細かく、できるだけ細い千切りにして塩を振りかける。すぐに水が出るので、軽く絞り、マヨネーズとたっぷりの胡椒で軽くあえる。

(新しい味にしよう、新しい味がいい)

そしてそれを、薄く切ってバター辛子を塗ったパンの上に広げた。薄く黄色がかった白肌に緑の彩り、その下に見えるくすむ黄色。いかにも律子好みの色彩に彼女は小さく歓喜の声をあげた。

「キュウリの、サンドイッチ!」

パンとパンを合わせて、それを小さな四角に切り分ける。切り口を見せるように皿に立てれば、シンプルなキュウリサンドイッチが完成した。

深夜に似合う、パンだった。

「なんて綺麗で、美味しそう」

空腹感などなかったというのに、見ていると燕の腹も釣られて鳴る。燕も立ったまま、一つ摘まむ。

噛みしめれば、キュウリの瑞々しさが広がった。ぴり、と辛子の味となめらかなマヨネーズの味。そして豊かな小麦の味わい。

刻んだおかげで、水気がさわやかだ。口の中にほろりとほどけるのだ。

「美味しい」

律子は一つをぺろりと平らげると、続いて二つ目のサンドイッチに手を伸ばす。

「こんな深夜なのに、美味しいわね、燕くん。夜だから、余計に美味しいのかしら」

秋の夜は世界が静かだ。ただ、オーブンのたてる低い電子音だけが時を刻むように響いている。

「……あ、オーブンが鳴った」

静かな部屋の中、軽い音が響く。キッチンに戻りそっとオーブンを開けると、温かい湯気と香りが燕の顔を撫でる。

（よし……）

薄暗いオーブンの中は、白い湯気に占領されている。大きく切ったパンの端から、チーズとホワイトソースが溢れて、てらてらと輝いている。オーブンに敷き詰めた銀のアルミの上で、焦げた茶色のチーズがゆっくりと広がっていた。

「真っ白、綺麗！」

覗き込んだ律子は、はしゃぎ声をあげる。

「お好きなお皿にどうぞ、律子さん」

「絶対にこれ」

彼女が差し出したのは、大きな皿だ。マーブルのようにグリーンと淡いオレンジが円形ににじんで広がっている。

その上にのせると、白が美しく映える。

「……美味しそう。すごく綺麗。燕くんの料理は、目と舌の両方で味わえるのね」

律子は机に置いた皿を上、右、左とあらゆる方向から見つめてうっとりと呟く。

そしてホワイトソースがこぼれないよう慎重に一欠片を切り出すと、蕩けそうなチーズごと口いっぱいに頬張った。

「美味しい！」

「食べながら喋らないでください」

柔らかく湯気を上げる白いチーズグラタンパン、緑の色が美しいサンドイッチ。

この味は、律子の人生の中に確かに何かの色彩を残した。

彼女が燕と離れる時があっても、深夜のこの色と味を彼女は思い出すはずだ。

そこまで考えて、燕の手が止まる。

……まるで自分の存在を刻みつけるように、料理を作ってはいないか。

自分の底に、薄暗い闇が見える。それは、絵を捨てた時に一緒に捨てたはずのものだった。

執着、という闇である。

その闇に気づかないように、燕はパンを噛みしめる。伸びたチーズを指先で拭い、その指を握り締める。

不思議と、口の中から味が消えていく。

「もう一つたべてもいい？」

「……太ってもいいのでしたら、どうぞ」

差し出す燕の手と律子の手が一瞬触れて、口の中に苦みが走る。
やはりそれは、執着の味である。

思い出カボチャ、未来のスープ

ハロウィンの翌日は、毎年困るのだ。と律子が珍しく愚痴をこぼした。

その理由を燕は身をもって知ることとなる。


「……なるほど」

目覚めた燕は、部屋の惨状を見て言葉を詰まらせた。町に化け物が溢れたであろうハロウィンの翌日、律子の家はカボチャで溢れかえっている。

「これはひどい」

「ずうっと昔ね、カボチャを描くのにはまったことがあって」

律子はソファの前にイーゼルを立てかけながら、困ったように首を傾げる。

この家のリビングは比較的広いはずだ。大きなソファー、大きな机。画板にイーゼル、これらを置いても、片づけさえしていればまだスペースがある……あったはずだ。

しかし今は、足の踏み場がないほどに、カボチャに占領されている。

「ほら、カボチャって面白い形をしてるでしょ。だからカボチャを買ってきて、と言ったら教え子たちがそれぞれたくさん買ってきてくれてね」

大小様々なカボチャ、細長い変わった形のカボチャ、まるで水滴のような形のカボチャ。

そんなカボチャが床に、机に、あちこちに転がっている。

「その時から、毎年みんな、ハロウィンにカボチャを買うことが恒例になったの……それはみんな絵をやめたあとも、ずっと……今では毎年この時期に贈ってくれるの」

燕は部屋を見渡す。ジャック・オ・ランタンのように顔を刻まれたカボチャもある。どのカボチャも、綺麗で傷一つない。

かつては、この部屋いっぱいに多くの教え子がいて、律子を中心に皆で絵などを描いていたのだろう。死んだ夫も、その頃はここに住んでいたのか。そう考えて燕は首を振った。

今からでは想像もできないほど、賑やかな光景である。

今は静かなビルの中、いまだに届くカボチャの真ん中に律子がいるだけだ。

「だからこの時期は、このカボチャまみれになるのよ」

冷えるのか、律子はストールを深くまとって、カボチャを一つ抱きしめている。

「ハロウィンが終わっても、この家はずっとハロウィンなの」

足の踏み場もないほどに積み上げられたカボチャを眺めて、燕はため息を吐く。部屋の床を覆い隠すほどに溢れるカボチャは、かえってシュールだ。

「……地道に食べて消費していくしかないですね、この量は」

「久々に描こうかな」

カボチャを眺めていた律子が鉛筆を握り締めた。そしてスケッチブックを引き寄せる。

見ていると、食指が動いたのだろう。彼女にとっては、食べることも描くことも同じこと。

「燕くんも描く？」

「僕は描きません」

「描けません、じゃないのね」

律子は時折、鋭い。その目から逃れるように燕はキッチンに立った。

律子は描きながら、楽しそうに鼻歌をうたう。

「食べきれないから、描き終わるとみんなに差し上げてたの。私、料理はできないから。でも今年はそんな心配なさそうね。燕くんはなんでも作れるし」

「勝手に期待しないでください」

見つめられ、燕は苦笑する。

「なんでもは作れません。レパートリーはありませんし、あなたがその辺に放り出している、料理の本を読むくらいです」

燕は机の隅を指す。そこには、律子所蔵の本がある。それは料理の本だ。料理などいっさいしない律子だが、不思議とこの家には料理の本が多いのだ。それも和食、洋食、世界の料理、古い本から新しい本までざっと百冊はあるだろうか。

どれも保存状態がいい。大事に読んでいたのか、折り目こそあれ汚れているページは一つもなかった。

暇に任せて本を読んだおかげか、燕の料理のレパートリーが広がった。

「私、初めて料理の本を見た時から、料理の本は画集だと思ってたの」

律子は手も止めずに言う。

「初めての料理の本はまだ私が子どもの頃、両親が買ってくれたの。たぶん料理でもしろってことだったのね。白黒だったけど色が想像できるすごく綺麗な写真ばかりで」

しゅ、しゅ、と律子が鉛筆を動かす音が心地いい。それは、迷いのない音だからだ。

「それ以来、料理の本を画集だと思ってたくさん買い集めたわ。でもレシピの文字を読まないでしょ。だから、目ばかり肥えてしまったの」

律子の集めた本は、たしかにどれも美しかった。古い料理本、海外の言葉で描かれた、見たこともない海外の料理。食べたこともないのに、見ているだけで目の前に色が広がる。それは不思議なことに、味となって想像できた。

絵は、色は、味になるのだ。

「初めて燕くんの料理を食べた時ね、ああ。あの画集の料理が現実に現れたんだ、本物になって現れたんだって思ったの」

今日は朝から曇り空だ。まだ昼前だというのに部屋は薄暗い。秋独特のひやりとした空気が窓の隙間から滑り込んでくる。

冷えた部屋は、これほどカボチャが転がっていてもどこか灰色に感じられる。

燕はふと、目線を止めた。

「律子さん、そこの……カボチャ」

……そのカボチャの真ん中が、一つ、不自然に光っている。

「……あら？」

律子は目を丸めると鉛筆を放り投げて、カボチャを漁る。やがて彼女は嬉しそうに小さな固まりを取りあげた。

「燕くん。そうそう、この間燕くんが落としたものを拾っておいたのだけど……」

「律子さん、それ……っ」

燕は珍しく、慌てた。彼女が掴んでいるのは、燕のスマートフォン。ベッドの隙間に滑り落ちたまま、拾うことも忘れてそのままにしていた。

それが今、律子の手の中で力強い光を放って震えている。

「光ってるのだけど、私、こういうの触ったことなくって……どうしたら……」

「それ……早く、手を離してください。捨てて！」

「そんなことしたら、壊れちゃう……あら」

律子の色鮮やかな指が、画面に不意に触れる。

震えが止まり、同時に画面に『通話中』の文字が光る。

「……燕くん、これ繋がっちゃった？」

「……もしもしっ」

小さなスマートフォンから、はっきりとした声が聞こえた。まるで叫ぶような男の声。

「もしもしっ燕!?　燕だよな?」

その声を聞いた瞬間、燕は一足飛びに律子に近づいてその固まりを奪っていた。そして大急ぎで耳に押し当て、外に飛び出す。

「燕?　燕だろ?」

電源を切ろうとした燕の指が戸惑った。じー、じーと低い音の向こうから聞こえるその声はひどく懐かしいものだった。何度もメールを送り、電話の着信を残した。彼の名は、確か田中だ。

しばらく迷ったのち、燕は重い口を開く。

「……ああ」

「あ、よかった。生きてた!」

電話の向こうから聞こえる声は、明るく大きい。

冷えた空気に似合わないその声に、燕は思わず苦笑する。その小さな声を聞きつけたのか、彼の声は拗ねるように響く。

「わらうなよ。最悪のことまで考えてたんだからなっ」

「……ごめん」

仕方なく、冷たい壁に背を押しつけて燕は空を見上げる。どんよりと、空は曇っていた。

そんな天気でも子どもたちのはしゃぎ声が近くの公園から聞こえてくる。どうも今日は休日らしい。

「今日、学校、休み？」

「ああ。日曜だぞ。もしかして燕、今、外国にいたりする？」

「なんで？」

「ずっと連絡取れなかったし……誰もお前を見てないって言うから」

探るような田中の声は、相変わらずこってりと厚塗りされたような明るさだ。

電話を切ろうと迷っていた指を握り込み、燕はその手を下ろす。

「あの……元気か？」

彼らしくない、恐る恐るといった声。燕は長いため息を吐いて頭を掻く。

「別に、普通」

「普通なわけあるかよ、休学したと思ったら、いきなり連絡付かなくなるし」

曇り空の間から雨の粒がぽつぽつ落ちて、燕の顔に跳ねる。雨の降る直前の、酸っぱい香りが充満している。

地面に大粒の染みが広がり、黒くなっていく。大雨になる、そんな予感のある雨だ。

(秋の雨か)

燕は田中の声を右から左に流しながら考える。

(なら、長く続く雨になるのかな)

そういえば最近、天気予報も見ていない。

ニュースも、日付も、カレンダーも、時間さえも。

ここ二ヶ月近く、燕は世間から隔絶されたように生きてきた。

しかし律子はもっと長く、このような生活をしているのだ。

……いつからなのか。

何年、何十年。あの家の空気は、ずっと止まったまま。

誰も居ないあの家の中、一人で絵を描く律子を思い浮かべて燕は少し恐ろしくなった。

「お母さん、心配してたぞ。大学に来たんだ。……それにお母さん、病気になったって」

「……」

母という言葉を聞いて、燕は現実に引き戻される。

天候の心配も電話も学校もなにもない。ただ、色と絵だけがある非現実的なビルから一歩外に出れば、雨もある、電話も鳴る。休学しているという現実が燕に突き刺さる。

「……ごめん」

「なんで謝るんだよ」

「しばらく、もう少し……放っておいて欲しい」

もう少し、がどれくらいなのか燕自身、分かっていない。

「じゃあさ、メールにも書いたけどせめて学祭にこいよ」

「学祭？」

「再来週の土日だからさ。俺、今年、実行委員会に入ったんだ」

学園祭という明るい言葉が燕の中に馴染んでこない。どこか遠い世界の話を聞いているような、そんな気分だった。

「そう、頑張って」

耳障りな機械音の向こうに、田中の声だけが響いている。

現実の声や音は、燕にとってまだ苦しい。

このままではよくないことは分かっていた。しかし、一歩が進めないのだ。

一歩先は、深い水のようなのだ。

進めば、溺れてしまう。

「じゃなくてさ、お前をびっくりさせようって、俺」

電子音が響き、田中の声をかき消す。

「……田中？」

声を出しても返ってきたのは静寂だけだ。画面を見ると黒く染まり、生気のない燕の顔だけが映っている。押しても、何も反応がない。

(充電が切れたか)

それを見て、安堵する燕がいた。現実はまた、音を立てて燕のもとから消えてしまったのである。


「ただいま戻りました」

スマートフォンをポケットにねじ込んで、燕は何事もなかったような顔で家に戻る。

律子もまた、何事もない顔で出迎えた。

「ねえ、燕くん。カボチャの綺麗な色を、食べたいわ」

「心配しなくてもしばらくはカボチャばかりですよ」

カボチャの皮は固い。慎重に包丁をいれ、種を取るとできるだけ小さめのサイズに切り分ける。つくづく、カボチャ料理は男の料理だ。外敵から身を守るかのように硬い皮。それを切り分けるのは、女性には骨が折れるだろう。そのくせ、中身は女性好みの甘い味。

綺麗な黄色の断面を、燕はそっと撫でる。すでに香りが甘い。

それを水の入った鍋に放り込み、昆布の切れ端も一緒に投げ込んだ。

火をつけると、色のない部屋に光がともった。

「カボチャの料理って何があるかしら。例えば、コトコト煮込んだオレンジの煮物、カボチャの繊維の、少しざらっと舌に残る感じ」

律子は歌うように、つぶやきながら絵を描き続ける。

キッチンに立つ燕の絵と、カボチャの素描。相変わらず、律子は描くのが速い。迷いがないせいだ。サッと描き、ページをめくる。そして、またそこに絵が生まれる。

燕は絵から目をそらし、鍋を見つめる。カボチャはぐつぐつに煮込まれた。伸びきった昆布を取り除くと、出汁と甘いカボチャの煙が鼻をなでた。

親が病気だ。と田中の言った言葉が急に燕の頭に蘇り、頭を振った。

「あとはね、タルトケーキも美味しいわ。皮の緑、中の夕陽みたいな綺麗な橙の色」

鍋の中で柔らかくなったカボチャを丁寧につぶし、それを伸ばすように牛乳を流し入れる。

そして、少しの味噌。

そうしておいて、燕は冷蔵庫を覗く。奥に、小さくまとめられた白い固まりが見える。

それを、ごく小さくちぎって鍋に沈めた。白い粒は、あっという間に沈んで消える。

「あとは小さなカボチャをくり抜いて、グラタン。皮が少し焦げ色になって、あつあつのクリームをすくうと、中の色が見えるのよ」

「変わり種では、赤ワインでカボチャを煮込むというのもありますよ」

燕は鍋の中を混ぜながら棚を指す。そこには大量のワインの瓶が並んでいる。

恐らく、このワインは高級品だ。瓶の色が、形がそれを示している。

問題は、律子がたった一杯のワインで酔ってしまう。ということだ。

そして燕も、酒を飲まない。

つまり、この家に届くワインは消費されることなくただの棚の飾りとなっている。

料理に使うくらいしか、消費の方法がないのである。

「ワインも消費しないと、これ以上、邪魔ですから」

「そうそう、ワインもボジョレーとクリスマスに、また届くのよ」

「……」

「ワインって、瓶がすごく綺麗でしょう?」

困ったわね。と言わんばかりに律子が笑う。困っていないような顔で。

そして、小さくくしゃみをした。

「冷えますか？」

「部屋が急にあったかくなったから……あ、いいにおい」

冷えた空気に鍋の湯気がぬるく広がって部屋を温かく染めた。

律子はスケッチブックを放り出して、燕の横から鍋を覗く。

「すごく、綺麗な……ポタージュ？」

鍋には美しいオレンジ色のスープが揺れている。どろりと重く、濃厚な。

真っ白なカップに流し込むと、コントラストが美しい。

「和風ですけど……とりあえず、おかずの一品として」

律子に渡すと彼女は目を輝かせた。

「お酒の味！」

わざと粗めにすりつぶしたカボチャのポタージュ。そこに落としたのは、酒粕だ。これもまた大量に届いた。これをカボチャのスープに沈めると濃厚で甘みが増した。

体を芯から、じっくり温める。それは冬の食べ物だった。

「酒粕も消費しないといけませんし」

燕もスプーンですくって、口に運ぶ。と、濃厚な味わいが舌に触れた。

カボチャそのままの甘みだ。カボチャの色が、そのまま味になった。

「初めて食べたわ、こんなスープ。すごいのね、燕くんは、私の知らない料理をたくさん作るから、生きた料理の本みたい」

驚くべき食欲で、律子はスープの味見を食べ尽くしてお代わりをせがむ。

「初めて燕くんを見た時に、思ったの」

熱々のポタージュに、一生懸命息を吹きかけて、律子は言った。

「ああ、なんて極彩色の人だろうって」

……初めて、律子と出会ったのは八月の終わり。まだ蝉が鳴いていた。公園の片隅。薄暗い夏の夕刻。

生きる気力もなく、ただ座っていた。

その時、燕には世界がモノクロに見えた。

しかし、同じ世界を律子は極彩色に見たという。

「……極彩色、ですか」

「複雑な色よ。そんな色、私の人生で、二人目だった」

スプーンにたっぷりのポタージュをすくいあげて、律子はうっとりと目を細める。

「二人目？」

「夫よ……すごくすごく大昔の話」

すぐさまに二杯目を飲み干すと、三杯目をせがむ。美味しいと、微笑んだ。その顔から燕は目をそらす。

「あと一杯だけですよ。一応これ、夕飯の一つなので」

「美味しいわ。何杯でも食べられそう。酒粕って苦手だったけど、これは美味しいわ」

律子は無邪気に言うが、燕は言葉に詰まる。

そんな燕の態度に気づかないのか、気づかないふりをしているのか、律子はポタージュをスプーンですくうことに忙しい。

「……そうですか、ところでその……夫というのは」

風が唐突に強くなり窓を揺らした。大きな雨粒が、殴るように窓を叩く。家の中は暖かいが、外は冷たく荒れている。

「あら。雨が強くなりそう。外にスケッチへいくの、今日は無理かしら」

「……そうですね」

「ねえ、燕くん。次はこれが食べてみたいのだけれど」

律子は積み上げられた料理の本をぱらぱらとめくり、その中の一つを指す。

それはカボチャのニョッキ。オレンジ色のニョッキが、白いクリームソースの中を泳いでいる。なるほど、律子が好みそうな色合いである。

「食べたことがないから」

「いいですよ」

「よかった。実は、そろそろカボチャが届く頃だなあと思った時から、お願いしようと思ってたの。あとはねえ……ちょっと待って、探す。すぐに探すわ。どこかにちゃんと食べたいものをメモしておいたの、本当よ」

本をめくる、広げる、引きずりだす。彼女が通ったあとは、まるで逆掃除機だ。

「……あ、燕くん」

積んであった本を崩しては広げる。そんな律子の後を追いかけながら本を片づける燕だが、彼女が急に振り返ったので動きを止める羽目になる。

「誰か、ご病気なの？」

律子の声に燕は息を呑んだ。

彼女はこう見えて、時々ひどく勘がいい。

「……なぜ、そう思います？」

「ポタージュだったから」

「気のせいですよ。今日は、冷えるから、それだけです」

目をそらし、自然に嘘を吐く。しかし律子は少し笑っただけだった。

「……色々あるのよね。みんなそう」

「僕は……」

「……まあ凄い雨」

いっそ、律子にすべてぶつけてはどうか。燕の中にそんな迷いが生じた。しかしその迷いと少しの勇気は、雨音に押し流される。

急に雨が強くなった。窓が真っ白に染まり、まるで滝のように雨の滴が流れて落ちる。

冷たい窓に指を這わせたあと、律子は無邪気に振り返った。

「何か言った？　燕くん」

「……何でもありません」

散らかされていく料理の本を片づけながら、燕はまた貝のように口を固く閉じた。

一瞬、胸をよぎった感情が何であるのか理解する前に、すべて雨音に持っていかれた。

家族のことや学校のこと。まるで子どもの我が侭だ。そんな燕の生き様を、律子に伝えれば彼女は燕を軽蔑するだろうか。笑うだろうか。悲しむだろうか。怒るだろうか。

彼女には、燕にはない数十年分の人生がある。燕の知らない夫の存在がある。燕の知らない秘密を持っている。燕は律子のことを、何も知らない。

（……もう、ぐちゃぐちゃだ）

散らかった本を見ながら、燕は思う。

律子と出会う前はただただ無気力だった。水の中へ静かに落ち続けるような無気力さだ。

今は現実を恐れて、ただ水の中でもがいている。そんな気分だ。

「今日は……雨で息苦しいですね」

垂れる雨を眺めて、燕は呟いた。

複雑で重苦しく、燕の胸を塞ぐ。それは冬の寒さに似て、燕を不安にさせる。

それは、かつて絵から逃げた時に感じた閉塞感と同じである。

そして燕は、いまだに逃げ続けている。

幸せ焼き芋、憎まれワインのビーフシチュー

『ちょっと待ってね。もうすぐだから』が、律子の口癖だった。

絵を描いている時に声をかけると、高確率でその答えが返ってくる。

しかし時には例外もあった。それは、外から焼き芋屋の音が聞こえた時である。


「あっ。お芋！」

秋は特に空気が澄む。その澄んだ空気を切り裂くように、焼き芋屋の音が響く。その音が聞こえると、律子は描いている途中でも、外に駆け出していくのだ。

こんな時ばかり、彼女の耳はよく聞こえるらしい。パッと目を輝かせ、今日も彼女は筆を投げ出した。

「燕くん、私ちょっと行ってくる！」

「律子さん」

どうせ間に合いやしませんよ……と、言いかけた燕の声は律子に届かない。手に絵の具をつけたまま駆け出して行った律子の背を見送って、燕はため息を吐く。

燕の部屋に描かれる絵が完成に向かいつつあった。柏の木の幹は重厚な茶色に塗られ、緑は青々しく茂る。吹き付ける風さえ色がついたようだ。

後少しで、燕の部屋の壁に柏の木が完成する。しかしそこに燕の姿はない。燕の姿は律子のスケッチブックの中だけに、量産されている。

燕はベッドに寝転がったまま、美しい木の絵を見上げた。自分の姿がどこに入るのだろうか。自分ならばどこに描くだろうか、と考えて燕はその夢想を振り払った。

「……どうせ間に合いやしないのに」

律子のことか、それとも自分のことか。

呟いたあと、燕はそれを誤魔化すようにキッチンに向かった。

(わざわざ買いにいかなくても)

燕が対峙するのは、巨大な段ボールに積まれた野菜である。

ニンジン、カボチャ、ジャガイモ、ゴボウ。

そんな根菜類の隅っこに、サツマイモが、同じように積まれている。

赤紫に輝くそれを一つ掴んで水でしっかりと洗う。ねじくれ、ずっしりと重い芋だ。根も太い。自然の中で生まれた芋だ。ごつごつとした皮膚は大地の匂いがする。

表面を洗うと、それを濡れたままアルミホイルに包み、オーブンへ。

温度は低温、時間はたっぷり一時間半。オーブンの光に炙られて、熱を帯び始めたそれをぼんやり眺め、燕は再びため息を漏らす。

（……芋なんか、困るくらいあるのに）

この段ボールは、つい先日、律子の元教え子から送られてきたものだった。

北海道で農作を手伝っているという男で、一枚の写真と一緒に野菜が届けられた。

広大な畑の真ん中、家族とともに両手を広げ笑う男だ。

その写真を見て、絵を描けばいいのに。と律子は無邪気に言った。

こんなに綺麗な場所にいるのだから、絵を描けばいいのに。

そんな無邪気な言葉が、知らずに人を傷つけて来たことを彼女は知らない。しかしどれほど傷つけられても、彼女を慕う人間は多い。

「……おや」

ぼんやりとオーブンの光を眺めていると、チャイムが鳴った。

様子を探るように、二度、三度。音が鳴る。無機質な音である。

（また食べ物か、酒か……置き場所を考えないと……）

律子の家は、週に一度は救援物資が送られる。チャイムに対する遠慮は、最初の一ヶ月で溶けて消えた。

「……はい」

玄関を開け、外の階段を覗き込む。薄暗いそこに、配達業者の姿はない。代わりに、スーツを着込んだ男が一人、玄関前に立っている。

品のある立ち姿だ。真っ黒なスーツに、磨かれた革靴、整った髪。その綺麗な靴先を見て、燕は眉を寄せる。続いて顔を上げ、男と目が合う。

「ああ、君ですか」

……聞こえてきたその低い声に、燕は無意識に背を伸ばした。

彼は夏の終わり頃、道ばたで出会った男である。

「先生はご不在？」

男は扉を開けた燕を見ても動じない。目を細め、嫌みそうに笑う。

「……なぜ私が来たのかって顔をしてますね。君が言ったんでしょう」

そして彼は手に持つ細長い箱を揺らしてみせた。

「次からは自分から来るように。だから荷物を持ってきました」

水分でも入っているのか、その箱からは緩やかな水の音がする。

燕は自然と足を玄関の先に出した。

「……残念ながら律子さんは先ほど出かけました。あと一時間もすれば戻ると思いますよ」

燕は壁に背を押し当てて腕を組み、言う。ひやりとした風が階下から吹き付けてくる。

「出不精の先生が珍しい。どちらへ」

「焼き芋屋の音を聞いて外に飛び出しました」

「なら、すぐ戻るでしょう」

「鉛筆とノートをポケットに入れてましたから一時間は戻りません」

燕のぶしつけな態度にも怒らず、男は声をあげて笑った。

「先生の生き様を、よくご存じだ」

笑うと顔の皺が深くなる。いくつくらいだろうか。律子より少し若いくらいだろうか。

この男が絵を描くところが、どうにも想像できなかった。絵筆の似合わない男だ。

「……あなたは？」

「前に名乗り忘れていましたか？ 柏木です」

柏木。その名を聞いて、燕の肩が震える。

それは律子が一番好きだと言った、木。今、燕の部屋の壁に増殖する森を思い出す。

つとめて無表情を保ち、燕は興味もなさそうな顔で目をそらす。

この男を前にすると、心がささくれる。無気力な自分によくぞこれほどの感情が残っていたものと、感動するほどだ。

それは彼から向けられる目線のせいだ。優しげな中に、意地の悪い色が見え隠れする。

彼は明らかに、燕を嫌っている。

そして燕も、彼を嫌っている。

「そうですか」

「今日は贈り物を持って来ただけなので、すぐ失礼しますよ」

男は手に持つ箱を燕に差し出す。それを受け取ると、意外な重さに驚かされる。

柏木に近づくと、甘い香りも鼻につく。それは葉巻の香りである。

彼の身体は、まとわりつくような葉巻の煙に包まれている。

「数日遅れてしまいましたが、ボジョレーです」

燕はふと、キッチンの隅に積み上げられている数々の段ボールを思い出す。高級食材の詰まった箱、ワインの箱。その出所を、燕は初めて理解した。

……燕が見上げると彼はあくまでも紳士的に微笑む。

「どうしました？」

「律子さんは酒を飲みませんし」

「知ってます。ついでに、貰ったものは捨てない……でしょう？」

古いビルの階段は電気がないせいで薄暗い。冬に近い晩秋は、特に空気が薄暗い。

男は燕にだけ聞こえるような声で、ささやいた。

「……この家に、私の贈り物が埋まっていく。それだけで、私は満足なのですよ」

ぞくりとするほど冷たい声である。冬の香りを帯びた風が、二人の間を冷たく抜けた。

「ああ。あとこれと……これも、先生へ渡しておいてください」

柏木は明るい声で、ポケットから黒い箱を二つ取り出す。

一つは細長い、洒落た革の眼鏡ケースだ。

「先日、先生が私の画廊に来た時、お忘れになったリーディンググラスです」

彼は恭しくそれを指で弾いて開ける。

中には、一目で高級と分かる眼鏡が収まっていた。

折れそうな細いつるは、宝石のような赤。グラスの下にだけ透けるような緑色のリムが付いており、二つのグラスを繋げる真ん中のブリッジはゆるやかな曲線を描いている。

律子は目が丈夫なのか、眼鏡をかけているところを見たことがない。

特にこれほど綺麗なものであれば、一度見れば忘れないはずだ。

戸惑うような燕をみて、柏木は満足そうに笑う。そしてもう一つの箱を押しつけた。

「そしてこちらは、ちょっと変わった海外の絵の具です」

中を開けると、それはチューブ型の絵の具だった。気取った箱の中、飾り物のように絵の具が並んでいる。

箱の真ん中にある黄色のチューブをつまみ上げると、燕は柏木の手の中に戻す。

「黄色は使いません」

「知ってます」

「じゃあ、なぜ?」

「なぜ?」

柏木は深い目で燕を睨む。

初めて男の感情がにじみ出る。

「自分のことを話さないような人間に、話せるようなことは一つもありません」

柏木の試すような目に、燕は気圧される。

自分は果たしてこの家で、何者なのだろうか。そう考えて、燕は首を振る。ただの居候だ。

居候と胸を張って言えるほど立派なものではないが。

ただ、律子の家に居着いているだけだ。

その生活も、もう三ヶ月を超えた。それだけだ。

「……別に。ただ、住んでいいと言われましたので、居るだけです」

「そうですか。羨ましい」

彼は優しげだが、棘のある目をしている。

「あの男が……この世を去って、今度こそと思いましたが」

最後に燕の顔を冷たく見下げて、そして顔をそらした。

冷たい風に燕の手が冷える。寒さにたじろいだ顔を見て柏木は嫌みそうに笑った。

「なるほど、先生好みの、綺麗な顔だ」

ふい。と柏木は背を向ける。高そうな革靴が無機質な階段を蹴り上げ、去って行く。その音は、いつまでも響いているような、そんな気がした。


「燕くん、駄目だったわ。だってお芋屋さん、すごく速いんですもの」

肩を落とした律子が帰宅したのは、燕が予想していた通り、ちょうど一時間半後のこと。

しょんぼりと声に元気はないが、放り出した鉛筆はすり減っているし、新しかったはずの小さなスケッチブックは黒く汚れている。

「どうして、お芋屋さんはあんなに急ぐのかしら。あんなに急ぐのなら、音なんか鳴らさなければいいのに」

「律子さん」

燕はふと彼女に近づき、その手を取った。冷たい。

手を離さないまま、顎を彼女の肩にのせた。

「……冷えてますね」

燕の耳に触れた彼女の頬は冷たい。律子は全身が冷え切っている。これほど冷えても、彼女は絵のことばかりを考えている。

机の上にわざとらしく置いたワインの瓶には、気づくそぶりもない。

彼女は教え子たちから尊敬を集めている。まるで信仰にも似た尊敬だ。しかし、だからこそ律子には、誰も近づかないし、誰もそばに寄ろうとしない。孤高だ。

孤高の中で、彼女はこれほど無邪気に絵を描き続ける。

恐らく、その孤独を支えたのは噂に聞く夫の存在だろう。

その男がいつ死んだのか、燕は知らない。しかし、最近ではない、そんな気がした。

教え子も去り夫も死んだこの家で、彼女は何年の間、一人で絵を描き続けてきたのだろう。

教え子から送られる、段ボールの山の中で。

「どうしたの燕くん」

「……いえ」

律子はきょとんと首を傾げて、おかしそうに笑った。

「子どもみたい」

「ええ、まだ子どもですから」

苦笑して、燕はその身体から離れる。

抱きしめることなどしていない。ただ手を取り、身を寄せただけだ。それは、かつてどこかで見た宗教画のようだった。

フレスコ画のそれは、マリアに縋る男の絵だった。光に包まれたその美しい絵の中で、マリアは孤高だった。

「……あら？　いい匂いがする」

律子はくん、と鼻を動かす。ちょうど部屋に夕暮れの日差しが差し込んで、空気が緩んだところである。

同時に、オーブンから甘い香りが漂った。それは夕陽の色に似た香りである。

「どうせ、あの動きじゃ、買いに出たところで間に合わないと思いまして」

「焼き芋！」

オーブンが音を立てて止まる。用心深く、ホイルに包まれたそれを取り出すと、律子の目がパッと輝いた。

「すごい。家でも作れるの？　すごいわ、燕くん」

「時間をかければ、まあプロのようにはいきませんけど、それなりに」

真っ白な皿にホイルごと放り出す。赤紫の皮はますます濃い。

「割って、燕くん、割って」

身を乗り出した律子が、子どものようにはしゃぐ。

急かされて割ると、真ん中からふわりと湯気が上がった。

「黄金色が綺麗。焼く前は真っ白なのに、焼くとなんでこんなに綺麗で深みのある黄金の色になるのかしら」

割った半分を渡せば、彼女はあつぃあつぃと喜びながら、かぶりつく。

それはねっとりと舌に絡む甘い味がした。甘いだけではない。独特な大地の味がする。

大地の栄養を吸い取った重い甘さだ。

繊維をかみ砕いて、どろりと甘いそれを飲み下す。官能に似た甘さであった。

それを飲み込んだあと、燕はふと棚に並べたワインの瓶を見る。音もなく静かに並んでいる瓶の向こうに、男の冷静な声が潜んでいるような気がした。

「……ああ、そうだ。律子さん、これ」

「あら」

燕は机の片隅に放り投げていた眼鏡ケースを掴むと、無造作に律子に向ける。

彼女は特に気にする色もなく、それを受け取り中を覗いた。

「眼鏡。どこかに忘れたと思ってたんだけど……」

「男の人が持って来ましたよ」

「ああ」

律子は眼鏡をかけながら呟く。

興味をすっかり失ったような冷たい声で。

「昔の教え子の一人でしょう。あの子は、もう絵を描かないの」

その声に、燕はぞっと背を震わせる。絵を描かない教え子は律子の興味の範疇からも外れるのだ。思い返してみれば、彼女が教え子との思い出を語ることは滅多にない。

「そうだ。燕くん、これから忙しくなるから、しばらく、お部屋に籠もるわね」

眼鏡を着けると、彼女の顔は一気に冷たいものに見えた。

「絵を描くんじゃないんですか？」

「絵もだけど……ちょっとしたお仕事」

「……へえ」

律子はふんわりと笑って首を傾げる。

さり気ない態度だ。きっと、いつもの燕なら気づきもしなかった。

これ以上話を聞かれたくない時、彼女は必ず目をそらす。

「そうですか」

燕も何気ない様子で机を拭いて、片づける。

胸が締め付けられるこの痛みには、覚えがある。休学を決めた時、絵を捨てようと決意した時と同じ痛みだ。

「じゃあ夕飯は……今日は冷えますし……温かい食べ物がいいですね」

燕は段ボールの中を眺めながら、呟く。男が持って来た絵の具は、段ボールの奥に押しやって隠す。

その代わり、ニンジン、タマネギ、ジャガイモ。野菜を机に並べ燕は腕を組む。

粗野で素朴な色だ。その向こうに光る、高級そうなワインだけが不自然な色を添えている。

「それも鍋一杯に。たくさん作っておけば、好きな時間によそって食べられますし」

ああ。と、燕の喉から声が漏れる。

食材の棚の中を漁れば、茶色の大きなドミグラスソースの缶が眠っている。

野菜にワインにドミグラスソース。近くに転がる料理本をめくると、冬の項目にビーフシチューの絵が載っている。

大きな木の机にのせられた両手鍋の中、どろりとしたシチューが湯気を上げていた。

「そうだ……ビーフシチューにしましょうか」

「燕くんのビーフシチュー、美味しそう！」

巨大な焼き芋をまた食べ始めた律子は、燕の言葉にうっとりと目を細めた。

「濃厚で、熱々で。濃い赤の、綺麗なビーフシチュー」

「確か料理本に作り方、載ってますよね。赤ワインもたっぷり消費できますので」

燕はワインを睨んで言う。

「そうねえ。この本のシチューもいいけど、こっちの本のほうが、ずっと色が綺麗よ」

「すみません、そっちはドイツ語なので……」

律子を押しのけて燕は横目で本をざっと眺める。想像していたよりも、手間はかからない。

(肉を炒めて……塩胡椒をして)

冷凍庫に眠っていた巨大な肉を解凍し、軽く焼き付ける。赤い肉の表面がカリリとなるまで辛抱強く焼いた後、フライパンの焦げをこそげるようにワインを流し込む。嫌みなその色は、なるほど柏木の雰囲気によく似ている。

そして火を止めると、律子が不満そうに口を尖らせた。

「赤いだけで、単調な色」

「じゃあ野菜をとにかく入れましょう」

つまらなそうに言う律子だが、燕が大量の野菜を炒めると目を輝かせた。

赤いニンジン、緑のインゲン、タマネギの焦げた茶色、ゴボウとレンコンの白い姿。そして赤みを帯びた肉の塊。

すべてが隠れるほど一気に赤いワインと少しの水を注ぎ込んで煮込むと、酒の香りが一気に広がり湯気まで赤く染まったようにみえる。

「……しばらく煮ます」

煮詰め続けると、ワインの尖った香りがやがてとろりと丸みを帯びる。すべての色がくたりとなる。そこに、白いジャガイモとデミグラスソースの缶を丸ごと流し込んだ。

混ぜるとアルコールの香りは消えた。濃厚なシチューの香りだけが部屋に充満する。

冷えていた部屋は暖かく、窓もかすかに湿気って見える。

「……茶色だけど赤がにじんですごく綺麗。ただ少し、決め手に欠けるわねえ」

鍋を覗き込み、律子は目を細めた。

鍋肌についた焦げも形が崩れたニンジンも、彼女からみればすべて絵に見えるのだろう。

「私なら、何を足すかしら。赤茶色には……オレンジ。目の冴えるみたいな……」

「じゃあ」

燕は、オーブンの中に残された焼き芋に目を付ける。

「こうしましょう」

無造作にざっくりと切り分けて、皮ごとシチューの中に落とし込む。

まるでオレンジの花が咲いたようだ。

律子が、わっと、楽しそうな歓声を上げた。


できあがったシチューを白い皿にたっぷりよそい、よく焼いたパンを添えて二人分、机の上に置く。

ビーフシチューが描かれたページが散乱する真ん中に、本物のシチューが二つ。向かい合うと、二人の間に夕陽が伸びる。

「美味しい」

シチューを一口、ゆっくりと噛みしめて律子は幸せそうに頬を手で包む。

「お洒落なシチューって具が溶けてしまって寂しいけど、これは野菜がごろごろで、面白いわね、燕くん。こんなの、どの本にも載ってない」

燕もゆっくりとスプーンですくう。どろりと濃厚な味だった。甘く、濃く、喉に絡む。押し込んだワインはすっかり飛んだが、代わりに濃縮された執念のようなものがシチューの中に沈んでいる。そんな気がする。

ごろごろと転がる野菜は味が染み込んで柔らかく、最後にいれた焼き芋はねっとりと甘い。体の芯から温まる、そんな味だった。

「こんな風に誰かと向かい合ってご飯を食べるのって、いいわね」

しかし律子は何も気づかない。無邪気に一皿を空にすると自らおかわりを注ぎにいく。

「何だか世界が広く見えるもの」

「眼鏡なんてかけていたから、視野がおかしくなってるんじゃないですか」

「また燕くんは意地悪ばかり」

律子は歌でも唄い出しそうなほど、ご機嫌だ。

先ほど見せた一瞬のごまかしなどなかったような表情だ。

燕は濃厚すぎるシチューを噛みしめながら窓を見る。

そこは眩しいほどの夕陽の赤。どろりとした夕陽が、今まさに沈むところである。

雨降り、銀杏、オムライス

季節が静かに冬へと変わっていく頃、律子は宣言通り部屋からほとんど出てこなくなった。


「律子さん」

燕は遠慮がちに、ドアを叩く。

緑の扉に仕切られた律子の自室。その中に、彼女はここ数日引きこもっている。

小さな背は疲労に彩られ、目つきは鋭さを増した。その顔には、あの綺麗な眼鏡が光り、手には柏木のものによく似た万年筆が握られている。

そして彼女は真っ青な顔で、燕を振り返って、力なく呟くのだ。

「……ごめん、燕くん。ちょっと待ってね、後少しだから……」

「お茶です。ここ、置いておきます」

毎日、決まった時間に彼女のもとへ食事と紅茶を運ぶ。燕の最近はそんな日々である。

「ありがとう」

一体何をしているのか。絵を描いている時よりも律子の疲労はひどい。そして食欲もないのか、以前ほどは食べない。

何をしているのかと聞くのはたやすいが、聞けばこの日常が崩れる。そんな気がする。だから燕はまるで嵐が過ぎ去るのを待つように、じっと息を潜めていた。そうすればまた日常に戻れる……燕は勝手にそう思っている。

（……どうせ、居候だ）

律子の部屋の扉に背を押し当てて、燕はそのまま崩れるように座り込んだ。

耳を澄ませば、こつこつと書き物のような音だけが定期的に聞こえてくる。時折、紙を丸めて捨てる音も響く。絵を描いている時よりも、苦しそうで辛そうだ。しかし彼女はそのことを燕に何も言わない。

（……どうせ）

触れた床の冷たさに、燕は小さく震えた。

季節は夏を過ぎ秋を迎え、その秋も越えようとしている。

公園で律子と出会わなければ、燕は今頃何をしていただろう。と、考えることがある。

（別の女のところにいって、また捨てられて、また拾われて……）

体は生きていたかもしれないが、心は死んでいたに違いない。

この家で燕は確かに生き返った。生き返っただけで感謝すべきだった。しかしどんどんと燕は贅沢になっている。律子の秘密を思うと、胸がかき乱される。

それは、柏木と同じ執着ではないのか。

燕はよろめきながら立ち上がり、力なく自室に戻る。壁に描かれた絵は、うっすらと夕陽色をまとったまま数週間放置されていた。

後少しで完成するというのに、その後少しで置かれたまま。律子はこの絵を忘れてしまったのかもしれない。

無性に虚しく、燕はベッドに倒れ込む。

……意識はあっという間に、湿気ったベッドに吸い込まれた。

夢をみていたようだ。幼い頃の夢だ。

捨ててきた家には母がいて、父がいた。笑顔があった。しかしそれは、燕の描く絵を見て浮かべる笑顔だ。つまり、彼らは燕を見ていなかった。

その事実に早く気づいていれば、絵を捨てて別の生き方もできたのかもしれない。

『さあ、絵を描くのよ、燕』

母の声がそう言う。彼女が差し出すのは、黄色の絵の具がたっぷり染み込んだ絵筆だ。

母の声は重く燕にのしかかり、拒否をすることもできない。まるで自分の体ではないように、燕は筆を受け取った。

その重い筆を握ると黄色はやがて赤の色になる。よく見ればそれは血だ。血の色だ。恐怖が腕の先から頭の先まで突き抜けて、声にならない悲鳴を上げる。

「……できたっ」

同時に、弾けるような明るい声を聞いた。

「できたのよ。燕くん！」

誰かが燕の体を揺すっている。燕は咄嗟にその手を掴んだ。それは、筆よりも柔らかく、筆よりも冷たい。

「あら、驚かしちゃった？」

「り……律子さん？」

ベッドから転がるように起きあがった燕だが、目前に夏の色が飛び込んできたので呆然と、目を丸めることとなる。

「ね。絵が完成したのよ」

律子が自慢げに、腕を広げた。彼女の指し示す先に、森があった。

青である。緑である。瑞々しい緑の葉である。それは木だ。柏の木の森である。

葉の隙間から差し込むのは驚くほどに眩い夏の日差しだ。葉脈が透けて、くっきりと美しい影を落としている。

そんな、朝日を浴びた巨木の群れが、燕の目の前にある。

長らく放置されていた柏の木が、完成したのだ。

「……この間まで、夕陽だったのに」

燕は目を擦り、絵を見つめる。夕陽に彩られていたはずの空が、夏空に変わっていた。

夢の恐怖も鼓動の速さも、絵が一瞬で浚っていった。

「燕くんと出会ったのが夕方だったから、最初は夕陽で描くつもりだったのよ。でも夕陽の色は寂しいもの。思いきって上から夏の光を落としてみたの」

律子は胸を張り、すでに乾いたその壁を撫でる。

「明るい色。ここのお部屋はもう一つの夏の部屋」

「……寒い」

暖かいと、そう思ったのは錯覚だ。

夏の気温を錯覚させた柏の木はただの絵で、実際の季節は初冬。冷たい温度はしんしんと、身体を冷やす。

「こんな冷えた部屋で、描いていたんですか」

燕はそっと、絵にふれる。ふれると、コンクリートの感触に驚かされる。

確かに、そこには木があるはずなのに。

「律子さん、いつ、ここに」

「昨日の朝。燕くん、上にいないんだもの。驚いちゃった」

「……僕、何時間寝てました？」

「さあ……丸一日か……一日半？　多分今が朝のはずだから……起こそうかと思ったけどよく眠っていたから、起こさなかったの」

手も顔も腕も、どこもかしこも緑色に染めた律子が笑う。目の下にはクマが浮かんでいるが、妙に楽しそうだ。

先日までの魂を抜き取られたような顔は、すでに消え去っていた。後少しで終わると言っていた仕事からようやく解放されたのだろう。そして、何よりも先にこの壁の絵へ駆けてきた。食事も忘れ、燕を起こすことも忘れ、そして絵をとうとう完成させた。

それは心地のいい疲労感だろう。羨ましい。と燕は久々に、嫉妬した。

「それで、また僕にこんなに布をかけて」

「だって風邪を引いたら可哀想だもの」

絵の具を使うため、扉は全開。燕を気遣っているのか、彼の体の上には布団以外にもコート、夏服、タオル、余った布団。まるで布溜まり。家中の布を、燕の上にのせたのだ。

「……そういう時は、僕を起こしてください。また何も食べてないのでしょう。仕事は終わったんですね」

ひやりと湿った空気が足から伝わった。耳を澄ませば、雨音が聞こえる。

「朝食を作ります。それを食べたら、少し寝て」

「ご飯の前にちょっと、外にいきましょう、燕くん。最近は一緒に遊んでないものね？」

燕の言葉を遮って、律子の声が跳ねる。

「雨ですが……」

「きっと止むわ」

楽しげに言って、へたくそなウインク。

「私が外に出ると雨が止むの。本当よ」

言い出したら聞かないその性格に、燕はため息を返した。

驚くべきことに、外に出ると雨がちょうど上がったところである。

しかし、空は相変わらずの曇天だ。空気は湿り気を帯び、いつ降り出してもおかしくない。

晩秋独特の、皮膚に粘りつくような雨上がりだった。

「律子さん、どこへ？」

「行きたいところがあるのよ」

外に出るなり、彼女は率先して歩く。跳ねるように楽しそうに、彼女が歩くとストールが左右に揺れる。

赤と黄色で編まれた紅葉色のストールが、薄暗い空気の中で羽根のようにはためいた。

「転びますよ」

「転んでも平気なところにいくの」

跳ねる彼女について、右へ、左へ。人の少ない道を歩く。

しかし、その細い道を曲がった瞬間、燕は息を呑み、そして、足がすくんだ。

（大学の……）

ちょうど曲がり角の電柱に小さなポスターが貼りつけられている。普段なら、目にも入らなかっただろう。しかし、そのポスターの絵はまっすぐ、燕の目に飛び込んで来た。

……絵に見覚えがあったからだ。

（学園祭）

燕は思わず止まりかけた足を無理矢理、前へと進める。

それは燕の大学、その学園祭のポスターだった。学園祭はすでに終わっている。撤去を忘れられた小さなポスターは雨に濡れ、電柱に侘しく貼り付いている、といった様子だった。

大学名、日付、催し事。描き殴られたその文字の下には、毒々しい赤の絵が描かれている。学校の校舎を俯瞰するように描かれたその絵には迷い線がみえる。稚拙な、迷ってばかりの絵だ。

その絵を、燕は知っている。

燕は一瞬で目をそらしたが、その絵は頭に染み着いて離れない。燕の指先が震えた。

「……律子さん、早くいきましょう」

燕は律子の腕を取り、そのポスターから律子の視線を遠ざける。

一瞬だけ目に入った強烈な赤が頭から離れない。夢の中で母親に渡された、あの色だ。

それは、燕の絵だった。

この絵は昨年の秋頃、学園祭のポスターコンテスト用に描いたものだ。その頃、すでに自信など失っていた。それでも歯を食いしばって描いた……もちろん稚拙な出来で入賞もしなかった。そのまま、捨てられたものだとばかり思っていた。

（……田中か）

数週間前、田中が学園祭のことを口にした。それを思い出して燕は苦いものを飲み込む。

「どうしたの、急に」

「なんでもありません。冷えるので早くいきましょう。風邪引きますよ」

律子は絵に気づかなかったようだ。安堵して、燕は速度を落とす。すると、律子は軽く咳き込みよろめいた。

「ほら、転ぶ」

支えれば、彼女の体は相変わらず華奢だった。よく食べるくせにそれは体にはつかない。食物はただ絵を描くエネルギーに変換されるようだった。しかしここ最近は絵も描かずに黙々と何かをこなしていた。そのせいで、余計に彼女から体力が失われている。

「だって急に引っ張るんだもの」

でももうすぐだから、律子は少しだけ息をあげてまた早足で歩き始めた。


歩き始めて十分少々。住宅街を抜け、シャッターの下りた店の前を横切って、彼女が辿りついたのは駅の向こうにある細道だった。

右手には線路の枕木、左手は延々と続くブロック塀。薄暗さはますます深くなる。

「朝なのに暗いですね」

「そうね。天気の悪い日はほとんど人がこないのよ」

まだ昼前だというのに、この世の終わりのように暗い。不気味さよりも、不安が募った。

律子に声をかけるが、彼女の足はさっさと砂を蹴り上げ、走る。

年だというのに、彼女の動きは俊敏だった。その背を追いかけるだけで燕の息が上がる。

律子はブロック塀の角を曲がると、壁から顔を出し燕を手招きした。

「律子さん……」

そんな彼女の肩を掴むと、律子は優雅な動作で振り返る。

「ほら、見て」

突然、目の前が開けた。

そして、同時に光が燕の目を打った。

「まるで、黄金色の絨毯でしょう」

「……これは」

先ほどまでの、灰色に慣れた目に黄色が刺さる。いやこの色は、金色だ。黄金の色だ。

ブロック塀の向こうは、一面に、銀杏の葉が散っていた。

滑り台とブランコがあるくらいの小さな公園。その空間一面、どこも隙間がないほどに積もった銀杏の葉。見上げれば、その場所は一面ぐるりと、銀杏の木が植えられているのだ。

その木々から黄金色に染まった葉がさんさんと降り落ちる。

まるで黄金の雨だ。露をまとった葉が風が吹く度に宙を舞う。

地面に溜まった水溜まりも、同じ黄金色に輝いている。

「すごいでしょう。ここはおすすめの穴場なの」

律子は黄色く染まった大地を踏みしめて楽しげに回る。

「ここなら転んでも大丈夫でしょう?」

くるくる回る彼女の上にも葉が降り落ちて、雪のように積もる。

周囲を見れば、数人の家族連れが同じように天を見上げて写真を撮っていた。

ただ、それだけだ。これほど絶景なのに、人が少ない。

「こんなに綺麗なのに、あまり人もこないの」

さあ。と律子が手を差し出す。手を取れば、律子は燕をエスコートするように、引いた。

ダンスでもするように、二人の足が一瞬絡み、そして離れた。

「ダンスみたい。もう、何年もしてないけれど」

律子は楽しそうに腕を広げる。ストールが大きく広がり、まるで鳥の翼のようだった。

地面を踏みしめると、水を含んだ葉が柔らかく足に絡む。絨毯を踏むような錯覚と、色による眩しさに燕は目を細める。

(……外から見て、俺たち二人は)

どう見えているのか。

ふと気になって顔を上げるが、やがて馬鹿馬鹿しくなり首を振る。

誰も二人のことなど見ていないし、目の前の律子はただ楽しそうであるばかりだ。

「すごく綺麗。曇り空の下だと特別綺麗でしょう。グレーの空と、ふかふかの黄色の地面」

律子の目はすでに蕩けている。彼女の頭には、描きたい構図が浮かんでいるのだろう。

「赤い紅葉もいいけど、私は銀杏の黄色が好き」

「あれだけ、壁に緑色の葉っぱを描いておいて」

「緑も好きだけど、秋の深まる色も好きよ」

律子は大きく腕を広げて、落ちる葉を受ける。

彼女の指には絵の具が染み着いているが、その上にはインクの黒がにじんでいる。それは万年筆のインクの色だ。それを見て、燕は思わず彼女の腕を掴む。

「じゃあ……」

律子の黒い目には、銀杏の黄色が跳ね返り綺麗な黄金色に輝いている。

しかし、彼女はけして黄色を使わない。

「なぜ、あなたは黄色を使わないんですか？」

「……そうね……それは……」

律子はつぶやき、顔を上げる。その頬に、雨粒が散った。

「あら。雨がまた降ってくるわ、帰りましょう燕くん」

雨がまた、はらりと降った。彼女は満足したように背を向ける。

「そろそろ雨じゃなく、雪かミゾレでも降ってきそうな天気ね」

燕の言葉は、彼女には響かない。燕は言葉を押し込んで、振り払う。

「銀杏も明日にはこの雨で全部散っちゃう。今日、燕くんと見られてよかった」

もう充分に満足したのか、彼女が銀杏を振り返ることはない。それが律子の冷たさであり、教え子が居着かない理由なのかもしれない。と燕はそう思った。

しかし律子はまるで子どものように、燕を見上げるのだ。

「ねえ、燕くん。今日の昼ご飯は」

「黄色いものですね。例えば……」

聞かれなくても分かる。そして、二人の声がかぶった。

「……オムライス」

二人同時に言ったその言葉は、この薄ら寒さを吹き飛ばすのに充分な力を持っている。


「……といっても」

キッチンに立ち、材料を切りそろえる。すべての用意を調えて、燕は振り返って言った。

「僕はオムライスを二回くらいしか作ったことがないので、適当ですが」

燕の言い訳は律子には届いていない。彼女は先ほどから、銀杏の葉ばかり描いている。

だから燕は気にせず、フライパンにバターを放り込んだ。

オムライスのもととなるチキンライスに必要なのは、たっぷりのバター。卵にもたっぷりのバター、そしてミルク。大事なのは、それだけだ。

と、かつて燕に料理を仕込んだ女はそう言った。

包めなければのせればいいのよ。と、女は気怠そうに煙草を吸い込み、そう教えた。

おかげで、燕はオムライスを包むことができない。

（チキンライスは、鳥肉と、タマネギ、ニンジン。最後に、少しのトマトジュースと、ケチ

ャップ。それと少しだけマヨネーズ）

チキンライスは少しべっとりと湿り気があるほうが美味しい。トマトジュースが白米を蕩けさせ、ケチャップの赤が米の色を染める。マヨネーズは隠し味。

それを大きな皿に移すと、真っ白な皿に赤い島が浮かび上がったように見えた。

（卵は四つ使うか……そこに砂糖と胡椒と、牛乳）

卵を軽く混ぜ、バターが踊るフライパンに注ぎ込むと、綺麗な黄色がバターの油を帯びて一面に広がる。

それを切るように、混ぜる、フライパンの隅に寄せる。そして手早く形を整えれば、それで終わり。

できるだけ、綺麗なオムレツの形に作り、先ほどのチキンライスに重ねる。崩れないように。そこだけ、気をつければ、もうそれでよかった。

「凄い！」

いつの間に覗き込んでいたのか、律子が歓声を上げる。

「二つ作るのが面倒なので、取り分けて食べればいいかと思いまして」

「充分よ」

大きな皿に、船のような形で盛られたチキンライス。その上には、今にも崩れそうな巨大なオムレツ。振れば緩やかにたわむ。

オムレツの上に、ケチャップで静かに線を引いた。気持ちばかりの緑は、横に添えたブロッコリー。それで完成だ。

「そういえば燕くんは、ほかの部屋を見たことがなかったわね」

崩さないように、大事に皿を持ち上げた律子が、まるで秘密を打ち明けるように燕に耳打ちする。

「ほかの部屋？」

「ついて来て、こっちよ」

彼女が燕を誘ったのは、三階だった。それは、この家に来て初めて足を踏み入れた場所であり、彼女曰く「特別室」だ。

ここには、春の風景を壁一面に描いた春の部屋があった。そして恐らく、それ以外の部屋もあるはずだ。扉の数だけは多かった。

しかし、住み始めて以来、燕はこの階に足を踏み入れていない。

三階は静かで妙に寂しい空間だった。律子自身も、あまり足を踏み入れない。

だから二人の間で三階は話題に上らない。忘れ去られた場所であった。

階段を上がってすぐ目の前の扉が春の部屋だった。律子はその部屋を通り過ぎ、左奥にある扉の前で立ち止まる。ちょうど春の部屋の斜め前にある扉だ。その部屋を彼女は指す。

「ここよ、開けてみて」

鍵でも掛かっているかと思いきや、それは恐ろしく軽く開く。

「……これは」

ある程度の覚悟をもって、扉を開けたはずだ。

春の部屋を見た時の衝撃を燕は忘れていない。目の前を吹く桜の風まで感じる部屋だった。

今回は、燕の肌に秋の風が吹き付ける。

燕は言葉もなく、ぽかんと一面を見渡す。

目の前には、赤が、オレンジが、緑があった。紅葉の森である。目の前に、巨大な銀杏の木があった。それは先ほど見た、あの風景である。

銀杏の木は、紅葉し黄金に輝いてみえる。葉は大地にも降り注ぎ、辺り一面が秋に彩られている。

銀杏の周囲を囲むのは赤いカエデだ。葉が赤に、オレンジに、緑に……何と美しいグラデーション。

絵だというのに、不思議と眩しい。顔を上げれば、天井に広がった紅葉の絵は光の反射で暗く描かれ、まるでシルエットのようだ。その隙間から漏れた光が描かれている。

葉脈だけが光を受けて、赤色に輝いていた。

「凄い」

燕は息を呑む。

そして慎重に壁にふれる。これほど鮮やかな黄金の色だというのに、どこにも黄色が塗られている形跡がない。そのせいだろうか、精彩は抑えられ、寂しく暮れ行く風景に見えた。

「ここは秋のお部屋よ。紅葉もほとんど終わってしまったから今日はここで、紅葉狩り」

真ん中に置かれた低い机に、律子は皿を置く。地面に描かれた銀杏の絨毯の上、オムライスは不思議と似合っていた。

「あとは、夏と冬があるんですか」

「さあ、どうでしょう」

冗談めかして彼女は肩をすくめる。

「どういう意味ですか」

「まあ、みて、燕くん！」

しかし彼女は質問には答えない。その前に、彼女の歓声によって、その空気は振り払われた。

律子が、オムライスの卵を割ったのである。

ぎりぎりの柔らかさで保たれていた卵が、とろりと崩れる。赤いチキンライスに、黄色の波が溢れる。赤と黄色が、混じり合う。甘い煙が鼻をくすぐると、律子の腹が盛大に鳴った。

「綺麗な色。この部屋にぴったりね。いただきましょう」

大きなスプーンにたっぷり一口分すくうと、ねっとりとしたチキンライスに、まるで液体のような卵が絡む。口に運ぶと、甘さが広がった。

「美味しい……」

吐息のような声を律子が漏らす。その声を聞いて初めて燕の口の中にも旨味が広がった。

律子は頬を押さえて、うっとりと呟く。

「包んでないオムライスは、卵が柔らかくて……黄色も、濃いのね。なぜかしら」

粘りを残したチキンライスが卵とよく調和する。湿った空気に似合うオムライスだった。

そして、紅葉の絵が似合うオムライスだった。

木の葉が動く音が聞こえた気がして、燕は顔を上げる。

周囲は動かない。目をこらしても、動かない。当然だ。絵なのである。

「律子さんはなぜ、こんな部屋を」

ふと、燕は絵の中に小さな人影を見つけた。小さく描かれた、男と女の後ろ姿である。

そういえば、春の部屋にもその二人は小さく描かれていた。

「そうね。閉じ込めたかったのかもしれない」

律子はオムライスを食べる手を休めて、絵を見つめる。

「記憶にある風景よ」

その記憶とは、なんの記憶なのか。

言いかけた言葉を、燕はオムライスとともに飲み下す。

やはり、絵から音が聞こえた気がした。

それは、枯れ葉がこすれあい、舞う音に似ている。

クリスマス、魔女と救済ドリア

暮れ特有の、妙な気ぜわしさが世間を包んでいた。

とはいえ、騒がしいのは世間ばかりだ。どうせ律子の家は、常と変わらない……と、燕はそう思っていた。

しかし、気がつけば机に、床に、廊下に、部屋の隅々にはこれまで以上の絵の具、画板、スケッチブックなどが積み上がり始める。

その散らかりは、ある朝、最高潮に達した。


「また……ひどく、散らかしましたね」

寝起きの頭を整えることも忘れて、燕は呆然と呟く。声に少し、絶望が混じった。

朝、キッチンに向かったところ、床一面がキャンバスと化していたのである。

さまざまなサイズの画用紙が床一面に広げられている。その上にはパレットに絵の具に筆。

そんな床の真ん中に座って、ご機嫌に笑うのは当然、律子である。

「あら、まだまだ、これからが本番よ」

「やめてください」

あくまでも生真面目に、燕は言った。

そろそろ年末だ。大掃除をしたほうがいいだろうか。などと昨夜考えながら眠った。大体、この家は散らかりすぎている。

そう考え、起き出したところにこの惨状だ。

しかし律子は燕の思いなど気づかず、嬉しそうにパレットの上で色を作り続けているのだ。

パレットにのっているのは、深い赤、浅い赤、桜の赤、若木の緑、紅葉の緑、終わりかけの夕陽の緑。

様々な、赤と緑の色の乱舞。

「毎年、クリスマスにはね、この近くの幼稚園に絵を贈るのよ」

「……ああ、なるほど……クリスマス」

燕は壁にかけられたカレンダーを見る。年末にばかり気を取られていた。そういえば、今日はクリスマスイブだった。

「赤と緑だけで絵を描くの」

彼女の持つパレットに、様々な赤と緑が生まれた。

その色を顔にも手にもにじませて、律子は嬉しそうに絵を描く。

椅子に腰を下ろしたままそれを眺めて、燕は夕食に思いを馳せる。赤と緑。クリスマスカラーの料理を、おそらく律子はリクエストするに違いない。

机の上に放置された料理本を適当にめくると、様々な洋食が目に飛び込んでくる。

(トマト……は、単純過ぎるか。ミートソース、ブロッコリー、アスパラ……)

燕は気怠く、重なった本をまとめながら中を見る。

(トマト煮込みのグラタンにアボカド……ん?)

料理本の奥に、見慣れない本が隠されているのを見つけて、燕は手を止めた。律子を横目で見れば、彼女は絵に夢中だ。燕はそっと、料理雑誌に隠されていた一冊の本を抜き取る。

(雑誌……?)

それは、表紙に毒々しい絵が描かれた美術雑誌だった。その名前を見て燕は目を細める。

……それは秋の終わり頃、律子宛の封筒に書かれていた雑誌社の名前だ。中を開けようとする燕を制して律子が珍しく慌てていたことを思い出す。

燕は料理本でその雑誌を隠すと、何事もないような顔で中をめくった。

しかし中身といえば、何ということもないただの雑誌だ。

若手現代画家の展示会を特集している。何を隠すことがあるのか、はらはらとめくり、燕はあるページで手を止めることとなる。

(……論評)

竹林律子。その名前が、小さく刻まれている。

それは絵画コンテストの論評の一部分。燕でも名を知る画家や絵画の評論家の名前が連なるその一角に、律子の名がある。

現代画家の絵を論じるその文章に目を走らせると、冷たい目をした律子が瞼の裏に浮かぶ。

そのせいで文字は一文字も頭に入ってこない。

評価という冷たい響きは、燕の心をえぐるものだ。休学前、燕を突き落としたものは講評の冷たい言葉だった。

（なるほど、この人は、こんな仕事を）

燕は雑誌の表面をそっと撫でる。

考えてみれば、彼女のように著名で、そして半分引退しているような人間にはぴったりな仕事だった。隠したがったのは、彼女自身がこの仕事を楽しんでいないせいだろう。紙を破り捨てる音や苛立つようなペンの音にも納得できる。

嫌悪感は不思議と湧かない。彼女の生きる片鱗がかすかに見えたことが喜びでさえあった。

隠されていた律子の秘密が、一つ燕の手の中に落ちてきた。そんな気がした。


「……燕くんも描けばいいのに」


そんな穏やかな燕の思考を、律子が止めた。

は。と顔を上げれば、律子が無邪気に筆を差し出している。

燕は急いで雑誌を料理本で隠して机の隅に追い払う。心臓が跳ね上がり、鼓動が高まる。

しかし彼女は、燕が雑誌を見ていたことには気づいていないようだった。彼女の目は、燕をしっかりと見つめたまま。

「な……何ですか、突然」

律子は息を呑む燕に構わず、一歩近づく。

「描いてみればいいのに」

「だって、ほら、こんなに紙も筆もあるから」

律子はそういって、笑顔で燕に筆を差し向ける。

「……」

なぜ、そこで筆を持とうと思ったのか。それは恐らく、律子の秘密を知ってしまったことへの後ろめたさだ。

何も考えられず、燕は素直にその筆を掴む。

筆を掴んだ瞬間、懐かしさが全身を突き抜けた。見れば、筆の先には赤い色が染み込んでいる。その色は、学園祭のポスターに使った色だ。強烈で、黒く、重い赤。燕には荷の重い、強烈な色。そして、いつか夢の中で見た赤。

筆の重さも、筆を持ち上げる時に息が自然に止まる感覚も、燕はまだ覚えている。

心が拒否しても、指はその感覚を忘れてはいない。

律子の差し出す白い紙にまっすぐ向かい合い、筆を下ろそうとした瞬間。

（……怖い）

突然、恐怖が襲った。全身、水を被ったようだ。恐ろしい、と初めて思った。筆をどこに下ろせばいいのか分からない。

どこに筆を下ろし、何を描けばいいのか、頭の中は真っ白だ。何も絵が浮かばない。筆の行き先が見えない。

ただ雪原のように白い紙に向かって、筆を掲げたまま燕は固まった。

何も思いつかない。それが更に燕を焦らせる。二度と絵など描くつもりはなかった。それなのに、描けないことがこんなにも情けなく、そして悲しい。

どれくらい、そうしていただろうか。

「……あ」

白い紙の真ん中に、ぽつん。と赤い滴が垂れた。

それは紙を一瞬で染めた。たった一粒だけの赤が、この紙を台無しにした。

それを見た瞬間、燕は筆をそっと律子に差し出す。

「……僕は絵を描けませんので」

「嘘」

律子の目が一瞬、冷えた。

律子が頑として筆を受け取らないので、燕はパレットの上にそれを転がす。かたん、と乾いた音が恐ろしく響き、赤い絵の具が散った。

「描こうとしていたわ、今。なぜやめたの？」

「描こうなんて」

「怖いのね」

「知りません」

糾弾ではない。彼女は糾弾などしない。柔らかく、燕を締め付けるだけだ。

しかし、その柔らかさはじわじわと燕の深部に食い込んで、痛い所を刺激する。

顔をそらしても、視線が刺さる。

律子がじり、と燕に近づいた。

「綺麗な色。でも少し悲しい色」

彼女の手に一枚の紙が握られているのをみて燕はめまいを覚える。

「燕くん」

律子はその薄い紙を優しく撫でる。その指の隙間から見えたものは、毒々しい赤。

(なんで……その絵を)

彼女が手にしているのは、燕の絵だ。燕の描いた、学園祭の絵だ。

毒々しく重い赤に、震える線。校舎はゆがみ、その線は苦しむように揺れている。

律子が優しく絵を撫でるたびに、まるで自分の心臓をわし掴みにされるようだ。

「どうして描くのをやめてしまったの?」

胸が苦しくなり、唇を噛みしめ、息を吐く。足の先が震え、頭から血が抜けたように目の前が暗くなる。

燕の秘密が、律子の手に握られている。

声は言葉にならなかった。唇は震えるが声にならない。

「……そんな絵……知りません」

ようやく出た言葉は、自分でも驚くほどに冷たかった。

「嘘よ」

「律子さん、そうやって人のことを詮索することはやめてください。関係ないでしょう」

「燕くん」

「僕は、絵なんて描きません」

冷静に言ったつもりだが、声は震えていた。燕は顔を逸らし、律子に背を向ける。

律子が燕の名を呼んだようだが、気づかないふりをして玄関を飛び出し、外へ駆け出す。

冷たい風が燕の顔を撫でる。冷気が痛いほど皮膚に突き刺さる。どこかの商店から、間延びしたクリスマスソングが流れてくる。

痛みが息苦しさとなり、白い息を吐き出して燕は駆けた。

そして、気がつけば公園の片隅に辿り着いている。


(ああ、馬鹿だ)

自分が、もしくは律子が。

(……どっちも馬鹿だ)

律子は燕のことをすべて知っていたのだ。知って、知らないふりをしていたのだ。羞恥が体を突き抜けて、燕は冷たい空気の中に立ちつくす。

（先に全部、言っておけばよかった）

律子への怒りと羞恥は後悔に変わり、続いて湧き上がったのは自分への怒りだ。

（先に全部……言っておけば……）

できるわけがない癖に。自分の中で冷たい声が響く。

親から逃げ大学から逃げ、絵から逃げ続ける人生だ。どうせまた逃げるんだろう。と、自分の声が燕を責める。

力なく燕は公園のベンチに腰を下ろし、その冷たさに驚いた。飛び出してきたので、上着などはなく、部屋着のままだ。

感情に突き動かされていた時は気づかなかったが、冷静になればその寒さに気がついた。服の隙間から冬の空気が滑り込み、ベンチに触れた場所から身体がしんしんと冷えていく。

当然だ。もう、一年も終わる頃。

（……馬鹿だ）

顔を上げれば、そこはいつかの公園だった。

そういえば、八月の終わり、ここで律子と出会った。

燕は行く場所さえなく、捨てられた犬のようにただ座り込んでいた。そんな燕の姿を描きたい。彼女は、そう言って声をかけてきたのだ。

その時の風景は、今でも覚えている。

肌に張り付くような蒸し暑さも、生ぬるい夏の終わりの空気も、彼女の顔を見た瞬間の驚きも。まるで昨日のことのように覚えている。

燕は白い息を宙に向かって吐き出した。白い息の向こう、道を歩く親子が見える。

ケーキの箱を大事そうに抱えて、子どもが親を見上げて笑っている。両手一杯、食べ物やプレゼントの箱。幸せな親子には、公園の隅で座り込む燕の姿など見えてもいない。

道を眺めていると、多くの人が行き交っていた。皆、幸せそうな顔で笑っている。その中を、クリスマスソングは高く、低く、流れて行く。

寒い風に打たれて、意地を張っているのは、燕だけであった。

(……出て行こう)

燕は指先まで白く染まった手を強く握る。

律子が燕の過去をどれくらい知っているのか、それは分からなかった。どこから過去が漏れたのかも分からない。

律子はきっと燕のことを軽蔑しているだろう。

出て行かなくては。と、燕は血の気のない手を眺めてそう思った。

(長く居すぎたんだ。早く、出て行っていれば……)

絵を描く女だと分かっていたはずだ。

分かって付いて行った。分かってあの家に住み続けた。

絵を捨てると決意したくせに、捨て切れていなかったのは自分自身である。

久々に筆を握って、気がついた。

まだ燕は、絵に執着している。

燕は何度も思う。しかし、腰に重りでも付いているかのように動かない。

（……出て行こう）

沈み込むようにベンチに座る燕の上に、黒い影が差した。

「……やあ」

その深みのある嫌みな声に、燕は小さく息を吐く。指の先まで冷え切った今、その声を聞いても腹も立たない。

うつむいた目線の向こうに見える革靴を眺め、燕は声を絞り出す。

「喧嘩をする元気もないので帰って下さい」

「雨でも降りそうなのに傘も差さず、若い人は元気ですね」

彼は相変わらず染み一つない革靴を履いて、真っ黒な傘を差している。

こんな冷え込む日にも、薄いコート一枚で寒そうな素振りを見せないのは流石だった。

柏木は燕に傘を差しかけながら、にこやかな笑顔を見せた。

「先ほどぽつりときましたよ。風邪を引いてしまう」

燕は顔も上げず、男の靴を睨み付ける。

「律子さんに、何かご用でしたか」

「ええ。クリスマスプレゼントを渡しにいきました。ただ、出て貰えませんでしたが」

彼の言葉を聞いて、燕は不思議と安堵する。が、顔はあくまでも唇を引き締めたまま。昔から、ポーカーフェイスは得意だった。

「そうですか。まめなことですね」

「大島、燕」

……しかし、柏木の静かな声を聞いて燕のポーカーフェイスは、すぐに崩れることとなる。

「家はK市……大学は……ああ、いい大学だ。あの美大に入れるなら立派なものです……でも休学中。理由は挫折かな、よくある話だ。休学中は様々な女の家を渡り歩いていたようで、なんとも羨ましい優雅な生き方ですね」

柏木は内ポケットから白い紙を取り出して、淡々と読みあげる。その声に感情はなかった。

「違う」

「どこか間違ってましたか？　すぐに調べられるんですよ、これくらい」

柏木は紙を手の中で握り潰す。その冷たい音を聞いて燕は、まっすぐ柏木を睨んだ。

律子が差し出した燕の絵、突然燕に絵を迫ったこと、すべての元凶はここにあったのだ。

「……律子さんに、言いましたか」

「師弟は三世といいましてね。今は教えを請うてなくても、やはり気にはかけます。大事な先生のところに、身元不詳な人間が入り込むなんてね。もちろん、報告済みですよ」

「……」

「先生がなんと言ったか、聞きたいですか？」

「結構です」

反射的に出た言葉は想像より大きく響く。近くの子どもが驚くように燕をみる。

柏木は吹き出し、そして肩を震わせて笑った。

「いや、失敬……美大生と聞いて、無理矢理弟子入りでもしたのかと思いましたが……」

柏木は小さな子どもをみるような目で燕をみて、目を細める。

「君のご両親も美大出身ですね。今は絵に関係のないお仕事をされているようだが」

「親のことは、関係ないでしょう」

「君はまだ、子どもだ」

柏木の顔が、燕の耳に近づいた。

まるでささやくようなその声は、ぞっとするほどに低い。

「先生がそのままでいいと言うので、追い出さないでいるだけです」

ぱっと離れた柏木は、もう平然とすました顔をしている。

彼の肩に、冷たいミゾレが一粒散った。

まるで雨のように、ミゾレは激しい音をたてて降り始める。

目の前が、ただ白に染まった。

「ああ。ミゾレが降ってきましたよ。雪に変わればいいですが」

彼は傘から手を出し、冷たいミゾレを握り締めながら軽い調子で言った。先ほど、燕の秘密を暴いたことなどなかったような顔で。

柏木への怒りがわいたが、それも一瞬で収まった。

どうせ、もう、燕はあの家を出て行くのだ。

立ち上がろうとした燕の背に、柏木のささやくような声が聞こえた。

「困った人を助けるのは先生のいいところでもありますが、罪悪感から人を救おうとするのが、あの人の悪い癖でもあります」

「どういう意味ですか」

「別に」

意味ありげな言葉を濁し、柏木は燕をじっと見つめていた。目の奥は黒く光り、相変わらず何を考えているのかは分からなかった。

「先生はひどく気が長いところがあります。追い出すことはしないでしょう。しかし、そろそろ君も身をわきまえたほうがいい」

「……出て行きますよ、そのつもりで、今日も……」

「じゃあ、早く自分の家にお帰りなさい。可哀想に、お母様は心労からご病気のようだ」

「会ったんですか」

「まだ何も言っちゃいませんよ……まだね」

一瞬、二人の間に無言の間が落ちる。

傘から滴った水が、燕の頬を濡らした。

（……この男も、昔は絵を描いたのか）

傘を握る柏木の指を見つめて燕は思う。

どう考えても、やはりこの男が絵を描く姿は想像できなかった。それと同時に、あの家に大勢の教え子が集い賑やかに絵を描いていた様子も想像できない。夫という存在が彼女の隣にあったことも想像がつかない。

律子の住むビルは、極彩色に彩られた彼女のためだけの巣である。

「君が出て行くと聞いて安心しましたよ。先生は妙に人を引きつけるので、いろんな人間を巣にひっかける……確か、変なあだ名をつけられていましたね」

柏木は柔らかい調子で目を細める。彼が見てきたかつての律子を、燕は知らない。

……魔女と、呼ばれていた時代の律子のことだ。

「確か……魔女。そうそう、魔女だ。あの人は魔法のように絵を生むでしょう」

律子の手からは自然に絵が生まれる。それは描いているのではない。元々そこにあったものを、彼女の手が掘り出している。そんな風にも見えた。

「絵を描いている時、あの人はけして止まらないんですよ。誰が声をかけてもね。そんな風に生み出された彼女の色は特別だ」

男はミゾレを手に受けて、それを握った。指の隙間から水が滴る。

「誰も作れない、誰も触れない。彼女の色は」

そして、彼の目が燕を見る。

「あなたを、私は少し、妬ましく思えますよ」

「何を」

「指」

一瞬、その目が鋭く光ったのは、燕の気のせいではないだろう。男は燕の指を見て、形ばかり微笑んだ。

「絵の具が付いている」

燕の指。そこには、先ほど筆を受け取った時に付いたのだろう。

「先生の色だ」

夕陽のような、赤い色が張り付いている。


柏木は言いたいことだけをいって、去った。黒い背が白く吹雪く風の中に消えていくのを見つめ、燕は自分の体を抱きしめる。

(……寒い)

ミゾレはどんどん激しくなる。駆け回っていた子どもたちは姿を消し、今、この公園にはベンチに座り込む燕しか存在しない。

ミゾレは茶色と白と透明の入り交じった色で、地面に落ちてはつぶれていく。それを燕はぼんやりと眺めていた。

まるで律子に拾われた時のようだ。しかしあの夏よりも、寒く、そして情けない。

(コートを取りに帰らないと、凍えてしまう)

燕はようやく、立ち上がった。立ち上がった場所から熱が奪われ、体が震える。

重い足を引きずり、燕は歩き始めた。

(帰って……コートだけ取って…どこか、屋根のある場所でミゾレが止むのをまって……)

考えるだけで頭の中が白くなる。部屋に入った時、律子になんと声をかければいいのか。

(いや……気づかないだろう、俺が帰ったことなんて)

家を飛び出したのも寒さで震えているのも、燕の勝手な暴走だ。あの魔女は気にも留めず絵を描き続けているに違いない。

例え燕が出て行っても、お気に入りの絵の具の一つが消えたくらいなもので、律子はすぐに忘れてしまうに違いない。

立っても体は冷えたまま。この色のない世界の中で、行き道さえ分からず燕は足を止める。

そしてまた、その場に座り込んだ。

もう、一歩も進めない。

「……燕くん!」

声が聞こえたのは、幻と思った。

「燕くん!」

しかし声は二度聞こえ、それは幻聴ではないと知る。

「よかった! ここにいたのね」

顔を上げれば、夏の時と同じように、律子がそこにいた。

「……律子さん！」

降り付けるミゾレをかき分けるように走り込む、その人影をみて燕は思わず叫んだ。

「こんな薄い恰好で、なんで」

それは律子だ。彼女はワンピースにストールを巻いただけの恰好だ。

幻だろうかと目をこすり、燕は思わず駆け出す。体に一気に血が巡った。

彼女の手を取ると、ぞっとするほどに冷たい。律子はその手で、燕のシャツを強く握った。

「よかった！」

「風邪をひいたらどうします」

燕が思わず律子の体を庇うように抱きしめると、彼女の体はやはり冷え切っていた。

燕の瞼の裏、あの赤い校舎の絵が浮かぶ。しかし羞恥も怒りもその瞬間に溶けて消える。

「早く、家に戻って下さい」

「燕くんを探しにきたの。私がまたひどいことを言ってしまったのかと思って……」

しかし冷えた体にも気づかないように、彼女は譫言のように呟く。

「ひどくなど……」

「私がまた……また……あの時みたいに……ひどいことを言ってしまったのかと」

燕の喉の奥がかすかに震えた。あの時とは、いつのことなのか。

それは燕の記憶にはない。

「ひどくなど……ないです」

「じゃあ、一緒に帰りましょう、燕くん」

律子はいつものような明るい声で、顔を上げた。その声に、燕は戸惑う。

(……帰る?)

「さあ、風邪を引く前に」

律子は子どもにするように、燕の手を握る。燕は、引きずられるように、歩き始めた。

「私たちの家に」

(帰りたい)

魔女の住む、極彩色の家に。と、燕は思う。

行き先をなくした自分に帰ろうと思う場所がある。その事実が燕の中で温かく広がる。

外はミゾレだが、体の芯は温かい。生まれて初めて地面に足が着いた、そんな気がした。

……しかし、それで充分だった。

(やっぱり出て行こう)

燕は、これ以上、あの家で暮らしてはいけない。あの家は、絵の具と律子の過去が香り過ぎる。

「燕くん、ほら降ってきた」

律子の手に引かれ、燕はぼんやりと顔を上げる。

「……雪」

頬に触れた柔らかさに驚き、燕は顔をあげる。

「明日まで止まなければ、ホワイトクリスマスね」

今、ミゾレは雪に変わった。公園の時計盤に粉雪が降りかかるのが見えた。

家につく頃、ミゾレは完全に雪へと変わっていた。

律子が中に滑り込むのを見届けると、燕は玄関にかかっているコートにそっと手を伸ばす。

荷物など、あってないようなもの。凍えないためのコートだけあれば充分だ。

(さようなら)

律子の背を眺めながら心の中で呟き、ゆっくりと後退する。家に戻れば律子はすぐに絵に夢中になる。そうなれば、燕が出て行ったことにも気づかない。

「ねえ、燕くん」

しかし、ドアに手をかけた瞬間、律子が唐突に振り返る。

彼女の手には大きな皿が一つ。その上には、何とも形容しがたい赤いものが盛られている。

「やっぱり駄目ね。失敗しちゃったの」

「……食べ物？」

そのとたん、鼻に香ばしい匂いが広がった。

「……ご飯を作ってみたのだけれど」

と、彼女は言いづらそうに、そう言った。燕は思わず部屋に入り、皿の上のものを見る。

彼女の持つ皿には、ただ赤い。ぐちゃりとした、米だ。焦げた箇所は茶色く、ところどころ黄色の固まりもへばりついている。

「これ、まだ成功した場所だけよそったのよ」

「食事を？　律子さんが？　これは？」

「燕くん、帰ってきたらきっとお腹が空いてるだろうなと思って、だから」

律子はキッチンを気にしている。その体を押しのけてコンロの上を覗き込めば、大きなフライパンがもっと酷い惨状となって鎮座していた。

「……律子さん、なんです、これは」

フライパンに詰め込まれているのは、米と卵をぐちゃぐちゃにかき回したような物体だ。

「オムライス」

「……これは……ひどいな」

フライパンの中に盛られた、だらしのない物体を見て燕は思わず呟いていた。

水の量を間違えたのか、米はどろどろ。ケチャップを入れすぎたのかそれはべっとりと赤い。

卵は潰され、米と混じり合う。生焼けの部分もあれば、焦げて小麦色になった部分もある。

卵で巻くどころか、卵と米が一緒に混ざり合っている状態なのである。

真っ黒に焦げていないことだけが、奇跡だ。

「頑張ってみたのだけれど、混ぜれば混ぜるほど、わけが分からなくなって」

「オムライスはこんなに混ぜる料理じゃないでしょう」

子どものように言い訳をする律子を押しのけ、その料理を一口、スプーンですくった。

「……まあ、味は、悪くないんじゃないですか」

薄いが、味はけっして、悪くない。濃すぎれば困るが、薄ければ問題はない。

燕はコートを床に投げ捨て、代わりにエプロンを腰に巻き付ける。

その瞬間、柏木の言葉も怒りも後悔も何もかも、忘れた。

「皿、貸してください」

深い皿に中味をすべて空け、冷蔵庫から取り出したのは、ブロッコリー、バターに牛乳。そして小麦粉、チーズ。

手早く準備を整えると、コンロに鍋をおいてごく弱火を灯す。

冷えたキッチンに灯った炎は暖かく、指がじんわりとしびれる。よほど冷えていたのだ。

「燕くん、どうするの？」

「食べられるようにアレンジします」

「私も見てる」

「律子さんは絵でも描いてくればどうですか」

振り返りもせずそう言うと、律子は珍しく、戸惑うように口ごもった。

律子の目線も気にせず、鍋を振る。手元の鍋ではバターの固まりがとろけるところである。

バターが熱でとろける、独特の香りが部屋いっぱいに広がる。甘く、香ばしく、濃厚な。

そこに小麦粉を振り入れて牛乳を少しずつ加える。だんだんと柔らかく、艶やかな白に変わっていく。黄色みを帯びた綺麗な白だ。

燕は深皿に詰めたオムライスのなれの果てを塩胡椒で調え、鍋の中のホワイトソースをそっと流し入れた。

上に、ブロッコリーとトマトをのせれば、律子の失敗作はすべて綺麗な色に隠される。

そして、上からチーズをたっぷりと一つかみ。

「絵の続きがあるんでしょう」

「……でも」

「……もう、どこへも行きませんよ」

「本当に？」

不安そうな律子の声に、燕は思わず吹き出しかけた。このような天才が、燕の動向を気にしているのが、不思議とおかしい。そして同時に、苦しいほどに胸が痛い。

燕は床に放り投げてあったコートをもとの場所にかけ戻した。

「……約束します」

その言葉に安堵したのか、律子はようやく追求を止めた。


オーブンが軽やかな音を立てたのは、ちょうど十五分後のこと。夢中に絵を描いていた律子と、ぼんやり料理の本をめくっていた燕は同時に顔を上げる。

オーブンを開けると、目に飛び込んできたのは沸き立つような白である。

湯気の白とクリームの白。オーブンから慎重に取り出して皿を机の上にそっと置いた。

白いソースと蕩けたチーズは熱が入り、皿の上で激しく波打つ。まるでマグマのように、沸き立っている。

真っ白な上にのるのはブロッコリーの緑とトマトの赤。オーブンに焦がされ、ほどよく小麦色に染まっている。

「もみの木の、緑。それにクリスマスの雪」

皿を覗き込んで律子は歌うように言う。

大きなスプーンでクリームの奥まで探り出せば、そこには赤い米が潜んでいる。黄色の卵をまとった、律子のオムライスだ。

「赤と緑のクリスマスカラー！」

律子はまるで歓声のような声をあげた。

「すごい、魔法みたい。私のオムライスがドリアになったわ」

「律子さんはもう、料理を作らないように」

焼きたてのドリアは、凶悪なほどの熱を放っている。

しっかり熱を持ったチーズとホワイトソースは息を吹きかけても、一向に冷えない。覚悟を決めて口に放り込めば、上唇が焼け付くくらい熱い。が、同時に甘い味わいが口の中いっぱいに広がる。

柔らかくなった米が、かえって重いソースによく絡む。

ふう。と息を吐くと宙に白い息が散った。

「美味しい」

湯気の向こう、スプーンを握りしめて微笑む顔が見える。

公園で吐き出した冷たい白い息とは違う。温かく、美味しい、白い息。

「ねえ燕くん、こんな話を知ってる？　クリスマスのお菓子で有名なパネットーネ。イタリアでクリスマスに食べられるケーキなのだけれど、ふわふわの生地にドライフルーツがたくさん入った……とてもとても甘くて美味しいお菓子なの」

律子はスプーンの上のドリアに息を吹きかけながら言う。

「その誕生秘話はたくさんあるんだけど、そのうちの一つにね。こんな話があるの……クリスマスの日、シェフがケーキを焦がしてしまって、困っていたところを見習いの少年が手助けしてくれて、美味しいケーキを生み出す。それが、パネットーネになった」

似てるわね。と、彼女は微笑んだ。

べっちゃりと崩れたオムライスをドリアにするだけ。たったそれだけで、クリスマスの食卓に、温かな食事が生まれた。

公園で冷えた燕の体も、じんわりと暖かさを取り戻す。その暖かさが燕の口を緩ませた。

「律子さん、あなたは」

律子の目はいつもと変わらなく見えた。しかし彼女は燕の過去を柏木から聞いているはずだ。どこまで知っているのかは分からないが。

（俺のことを……あの男から、どこまで聞いて……俺の……）

言いかけた燕の言葉は喉の奥で詰まる。蒸し返すのが恐ろしくなり、スプーンを強く握り締めた。

「なあに？」

「……なんでもありません」

言葉をドリアで押し流し、燕は目をそらす。

律子は何も気づかなかった顔で、床に散らばった一枚の絵を指さした。

「そうそう、ケーキと言えばね、あの赤ね、イチゴにしたの」

それは燕が一滴、赤を垂らした紙だった。何も描かれていなかったはずの紙に彼女は巨大なクリスマスケーキを描き出した。

そのちょうど真ん中。そこに、大きく輝く赤いイチゴ。

「クリスマスらしいですね」

落としてしまった滴がいかにも幸せの色に染まっている。

燕の苦悩の赤は、幸せな絵に生まれ変わった。

「色々描いたわ。明日、これを幼稚園に寄付にいくの……ああ。そうだ」

律子は床一面に広がる赤と緑の絵を見つめた後、手を打った。

「……少し早いけど、メリークリスマス、燕くん」

彼女は歌うように言う。燕も思わずドリアを食べる手を止めた。

「……メリークリスマス」

釣られてそう言うと、彼女に極上の笑みが浮かんだ。


燕が自分の部屋に戻ったのは、日が変わってからである。

電気を点けて、最初に気がついたのは壁の異変だ。

「……ん？」

壁には相変わらず柏の木が描かれていた。その一本の根元に見覚えのないものがある。

「箱の絵？」

鉛筆で描かれた箱の絵である。大きなリボンがかけられた、クリスマスにお似合いの箱。

モノクロではあるが、リボンはおそらく赤と緑。不思議と、そんな色が見えてくる。

それが青々と茂った柏の木の根元、ちょうど影のところに描かれているのだ。

（こんなところに、箱の絵が？）

燕は首を傾げる。いや、こんな箱は、こんな場所にはなかった。ないものが生まれているのだとすれば、それは律子の仕業だ。

いかにもクリスマスらしい悪戯で、燕はそれに顔を近づける。

触れてもそれはもちろん、ざらりとした壁の感触だけだ。この中に何があるのか。律子に聞けば教えてくれるだろうか。もしくは、開けろと無茶なことを言うだろうか。

（開けてみろと、言うだろうな。あの人は）

無茶を言う時の無邪気な微笑みを思い出し、燕は苦笑する。そして同時に、

（そういえば、まだ謝っていなかったか）

とも、思い出す。

勝手に飛び出したことも、勝手に戻って来たことも。

さあ。どう謝るべきか。久々に燕は、困惑のため息を漏らした。

風邪引き夜に雪スープ

クリスマスイブの夜、深夜から明け方にかけて初雪が積もった。

「とにかく、今は余計なことをせず寝てください」

燕は白湯と薬を机に置きながら、苦い顔で言う。

「……起き上がらないように」

ベッドの中、顔を赤く染めた律子が横たわっていた。

目を開けたと思えばすぐに咳き込む。喉がひゅうひゅうと嫌な音を立てている。顔は赤く、目尻は青白い……律子はすっかり風邪を引き込んでいた。

しかし彼女はうつろな目で時折、何かを探すように周囲を見渡すのだ。

その視線を邪魔するように、燕は仁王立ちとなった。

「寝てください」

「描きた」

「描くことは禁止します。少なくとも……」

電子音が鳴り、律子がおずおずと体温計を取り出す。温い熱を持ったデジタル体温計は、三十八度の文字が光っていた。

律子はクリスマスの朝、起き上がるなりキッチンで倒れたのである。

病院へ行こうといえば律子は激しく抵抗した。結局の所、注射が嫌だとそれだけの理由だ。

「……熱が下がるまでは」

体温計を容器に戻して、燕は加湿器を律子の枕元に置く。

部屋の中に、暖かい湿度と風邪特有のぬるい空気が混じり合った。

「律子さん、昨日……」

言いかけて、燕は言葉を止める。律子が激しく咳き込んだのだ。

(俺を、探させたからだ)

燕の口の中に苦く後悔が広がった。それでも顔には出さない。表情に少しでも出せば、勘の鋭い律子は燕の後悔に気づいてしまう。

(無理をさせたからだ)

心の中で燕は、幾度となく自分を責めた。

昨日、家を飛び出した燕を追って律子も外に出た。どれくらい燕を探していたのか。出会って触れた手は冷たかった。その時の冷たさは、まだ手の中に残っているようだった。

「私にとっては温かいクリスマスだけど、燕くんにとっては最低のクリスマスね」

律子は赤い顔をして笑う。耳を済ませば、遠くから賑やかなクリスマスソングが漏れ聞こえてくる。近くの幼稚園で演奏でもしているのだろう。

「……インフルエンザでないことを祈って風邪薬を飲んで、寝てください」

燕は窓の外を見る。まだ昼なのに、夜のように暗い。雪が風で舞い上がり、木々が激しくたわむのが見えた。

……今朝、今年初めて雪が積もった。

気温は急降下、今年で一番寒い日に違いない。

「どこが痛みますか」

「喉」

けほけほと乾いた咳をする律子の顔は赤い。

元々掠れ気味の声だが、今はさらに乾ききっていた。

「あとお腹」

「お腹？」

「お腹が空かないの」

重要なことのように律子が宣言する。机に置かれた白粥は、珍しく減っていない。

「それは当たり前です。風邪を引いているんですから」

「でも、ホワイトシチューなら食べられると思うの。夕食は、ホワイトシチューが」

「駄目です。あんな重いもの」

燕は苦々しく吐き捨てる。彼女はホワイトシチューが食べたいのではない。白を食べたいったらしい。

のだ。それを予想して白粥を作ったというのに、真ん中に入れた梅の赤色がお気に召さなか
つくづく、律子の食欲は色に支配されている。

「熱が下がるまでは、駄目です」

この部屋は、病人の香りがする。静かでほの暗く、湿気っている。熱を持った香りだ。

覚えのある香りだ。その思い出は、冷たく薄暗い自室とともに浮かんでくる。

燕が中学生の頃、冬休みの美術室。絵に夢中になるうちに、夕方を越えて夜となった。

そのせいか風邪を引き、燕はその夜、熱を出した。

ぐったりと寝込む燕を呆れたように見ていたのは母だったか、父だったか。

体調を悪くした程度で、絵を描くのをやめるのか。吐き捨てるように耳元でささやかれた。

ただ熱に苦しむ燕は、それに反論する余裕もなかった。何よりその言葉が燕の深いところ
に突き刺さり、ただ、ただ情けなかった。

なぜ自分は描き続けなかったのだろうと後悔し、泣くこともできず天井を睨んでいた。

湿気に似た熱の香りは、あの時の苦しさを思い出させる。

「律子さんはもう少し身体を大事にしてください……年なんですから」

「一言余計」

「寝ていてください。また、夕方くらいにご飯を持ってきますから」

咳の音を背に受けて、燕は病人の部屋を後にする。

「……白いもの。か」

白いものはホワイトシチューだけではない。白粥もミルク粥も、病人食はなんでも白い。

「白色の料理……」

燕は椅子に腰を下ろして、罪悪感を振り払うように食事のことだけを考える。

別に他の色であっても、とにかく風邪を治す食事であれば、それでいい。

しかし、燕の頭の中に白い料理が浮かんでは消えて行く。それ以外の色は、入り込まない。

(白身だけで作る卵粥……は栄養がないか。じゃあ、粕汁、卵酒……)

キッチンの机には大量の料理本が、読みかけの形で放置されている。昨日の雪を見て、彼女はずっと白い料理を探していたのだろう。

(ホワイトシチュー)

律子の読んでいたページはすぐに分かった。古いモノクロの料理本。最初のページにある、見開きのホワイトシチュー。

(ご丁寧に印まで付けて)

そのページはモノクロのくせに、妙になまめかしい。大きな鍋に、ジャガイモ、タマネギ、巨大な鶏の真っ白なミンチボール。湯気さえ見えるような大きな写真が一枚。

背景には暖かそうな暖炉、木の食器。アンティークな家具が幸せの色に彩られている。

律子はそのページにしっかりと折り目を付けて、机に置いてあるのだ。雪から想像を広げたのか。燕に対する無言の要求か。

（相変わらず、律子さんは依存体質だ）

椅子に腰を下ろしてそのページをざっと眺めた後、燕は折れ跡をまっすぐに伸ばす。

「……さて」

そして静かにキッチンに立った。


昼は軽くまわったが、雪は止まない。窓は白く染まって結露した水が幾筋も垂れていた。

雪に音が遮断されているせいか、それとも律子が寝込んでいるせいか、家の中はまるで水の中に沈み込んだように静かだった。

その静けさに耐えかねて、燕は温い水をカップに注ぎ、律子の部屋をノックする。

「律子さん、水をもって……」

中に足を踏み入れると、そこは絵の具と律子の香り、そして病人の香りがした。

「律子さん？」

律子は眠りが浅い。しかし今、ベッドの上の律子はぴくりとも動かない。

彼女の髪は、白と黒が綺麗に混じったグレーの色合いだ。

肌に、その髪が垂れていた。額の汗に、前髪がほつれて張り付き、その顔色は恐ろしいくらいに青かった。

「律子さん？」

水を投げ捨てるように机に置くと、燕は急いでベッドに駆け寄る。ベッドの外に投げ出されている足の先に、恐る恐る、触れる。小さな足先は乾ききって冷たく、燕の心臓が激しく音を立てた。

顔を覗き込むと、瞼のあたりが青く白く透けている。

小さな律子の体から色が抜けていく、そんな気がした。雪のように白くなり、そして透けていく気がした。

「律……」

そっと、彼女の顔に手を近づける……かすかな息を指先に感じて燕はようやく長い息を吐く。

目を閉じた律子は、眠っている。薬が効いているのだろう。

震えて冷たくなった指を握り締め、燕はずれた布団の端を掴んだ。

「律子さん、布団をきちんとかけて……」

「ごめんなさい……」

布団を戻そうとした、燕の手が止まる。

「……ごめんなさい」

彼女は二度、同じ言葉を呟いた。それは震えるような声だ。何に対する謝罪なのか、それ以上の言葉はない。ただ、目の端ににじんだ涙が流れ、彼女の髪に吸い込まれていく。

「私のせいなの……私が……だから……あの時……」

熱に浮かされているせいか、意識はなく、言葉も不明瞭だ。夢を見ているのか、乾いた唇が不規則に震える。

しかし、耳を近づけると呻くような低い声がはっきりと聞き取れた。

「……私が、あんなこと……あなたを、私が……だから、あなたは、きっと」

誰に対する謝罪なのか、譫言はそれ以上は続かない。

苦しそうに口が開き、やがてそれは寝息に変わる。

「律子さん？」

尋ねても、返答はなかった。

「あなたは、何を抱えているんですか？」

彼女の手に恐る恐る触れ、燕はささやく。

白い手の甲には年齢とともに刻まれた皺が見える。しかし、その皺が刻まれていく彼女の過去を、燕は何一つ知らない。

燕は無意識に、律子の手をそっと撫でた。

女の家に転がり込む時、相手の過去を探らない、ということを燕は漠然と決めていた。

女の過去を背負うのが面倒だった。相手に自分のことを探られるのも嫌だった。

だというのに、燕は律子の過去が気になっている。そのくせ、自分の過去は隠したかった。

「……あなたは、俺のことをどこまで知ってるんですか」

律子は燕の過去を詮索しない。それは同時に、律子の過去にも触れられないということだ。

燕は律子の頬に、そっと触れる。熱いそこに、涙の滴がある。

そういえば、燕はもう何年も泣いていない。自分に絶望した時も、絵を捨てた時も、親を捨てた時も……今でさえ。

律子は夫を亡くした時に泣いただろうか。

「俺は……もう絵が描けない。あなたが羨ましい。俺は両親も絵も学校も全部捨てて、逃げた。ろくでもない人間です。なんで俺なんかを拾ったんですか、俺みたいな人間を……」

雪がまた酷くなった。昼だというのに、部屋には光が入らない。窓が音を立てて揺れ、外は真っ白だ。まるで家に閉じ込められたようだった。

燕は冷たい床に膝を突き、彼女の手の甲に額を押し付ける。

「俺は絵を捨てて逃げた。あなたを利用している。ここに住めば、俺はあなたの……」

燕の腹の中がぞくりと震える。

「……絵の一つになれる気がしているのです」

それは口に一度も出したことがない、燕の心の底だった。

「……つばめくん」

「律……」

突如、声が聞こえて燕は喉を詰まらせる。目の前の律子が、ぼんやりと燕を見ているのだ。しかし意識は朦朧としている。青みがかったグレーの目が、燕を見て、微笑む。

「綺麗ね」

掠れるような声だ。それはかつて映画で聞いた時の声と同じ。人を惹きつける声だ。

「会った頃より、ずっと綺麗」

熱を持った律子の手が、ゆるやかに燕の頭を撫でた。

「顔が、前を向いている……から……かしら……」

まだ夢の中の律子は、それだけ呟くと、再び目を閉じる。力なく落ちた掌を受け止めて、燕は動けないまま。

雪の音だけが、色のない部屋に響いている。


「……燕くん？」

律子が軽く身じろぎしたのは、それからしばらく後のこと。律子は身を起こし、驚くように目を丸くする。その顔には血が戻りつつあった。

燕といえばぼんやりと、床に座り込んで律子が散々に描き殴った壁の絵を眺めていた。

「もしかして、ずっとそこにいたの？　床、寒いでしょう。燕くんが風邪を引いちゃう」

驚くような律子の声には張りがある。すでに、回復に向かっているようだ。

「律子さん、さっきの……」

「さっき？」

目を丸め、首を傾げる律子はいつもと同じ。

だから燕は何事もないような顔で立ち上がる。

「なんでもないです。で、具合はどうですか？」

「すっかりいいのよ。お薬が効いたみたい」

律子は大きく伸びをする。声は掠れているが、朝よりは元気そうだ。

彼女はストールを体に巻き付け、乱れた髪を整えるとベッドから足を下ろす。

そして、いつもの調子で満面の笑みを燕に向ける。

「お腹が空いたわ、燕くん」

それは、あまりにも平和な声で、燕の中の黒いものが溶けて流れて消されるのである。


「ホワイトシチュー……？」

たっぷりと大きなスープ皿に夕食を注ぎ、律子の枕元に届けると彼女は目を輝かせた。

病み上がりとは思えないほどの素早さで飛び上がると、彼女は皿を覗き込む。

「まあ！　雪が積もってるみたい！」

それは真っ白なスープ。その上に、さらにこんもりと、白い固まり。律子は目を輝かせて
燕とスープ皿を交互に見た。

「ホワイトシチュー作ってくれたの？」

「さあ、どうでしょう」

スープ皿からは、温かい湯気が舞い上がる。真っ白なスープだ。

律子はそうっと、スプーンを差し込む。大事なもののように、恐る恐る。そして一口食べ、
今度は目を丸めた。

「あ。違う。もっと優しい……」

燕も隣の机に自分のスープ皿を置いて、一口すする。それは、ホワイトシチューよりもずっと軽い。そのくせ、とろりと柔らかい。

ふわりと、甘い味わいが口に広がる。

そして、身体を芯から温める。

「大根おろしのスープです」

大根をたっぷりすり下ろし、わざと濃い目に作ったコンソメの中でゆっくり混ぜる。それだけだ。時間をかけて混ぜるうちに、とろとろと柔らかくなる。

今日は幸い、律子が眠っていたおかげで時間だけはあった。

熱を加えてゆっくりと混ぜれば、不思議と蕩けるような味わいになる。

最後にその上から、残しておいた大根おろしをかけてやると、まるで真っ白いスープの中に雪が積もったように見えた。

「初めて食べたわ、こんな美味しいスープ」

「風邪にいいんでしょう、大根は」

「鶏団子！」

スプーンの先に大きな固まりを見つけて、律子が無邪気に喜ぶ。それは、山芋と鳥肉を柔らかく練った団子だ。ほんの少しだけ、加えた。

それはスープの白さを少しだけ深くする。

「少しだけですけど」

「雪合戦の雪玉みたい」

柔らかい団子をゆっくりと噛みしめて、律子がしみじみ呟いた。

「それ食べたら、もう一回、ゆっくり寝てください」

「ねえ燕くん。私ね、初めてなのよ」

スープ皿を両手で包み込んで、律子が呟いた。

静かな部屋に加湿器の音だけが響いていた。これほど静かな家だっただろうかと燕は思う。

「教え子もね、画廊の人も、みんな誰もが私に言うの。絵を描けって」

律子の目は、机の上に置かれたままのスケッチブックに注がれている。

スープを飲み込み、燕は気まずく顔を俯けた。風邪は燕の古い思い出を刺激する。

「描くなって言われたのは、初めてなの」

「……嫌だとは、思いますが」

「違うの」

……が、律子の声は明るい。

「少し、止まってもいいんだなって、驚いたの」

まだ熱の残る顔で、律子は笑った。

「疲れた時や体調のよくない時は、休んでいいんだなって思ったの」

燕の手が思わず止まる。

しかし、それと悟られないように、何事でもないような顔をして窓を見た。

室内の湿度が高すぎるせいだろうか、窓には水分が浮かんで垂れている。その向こうの暗い闇には、また粉雪が舞っていた。

「また雪ですね」

「この部屋は暖かいわね」

ごちそうさま。と手を合わせる律子の顔色は先ほどよりも少しましになっている。

「今日は描くのをお休みして、しっかり寝る」

「……そうしてください」

「実はね、私。本当は……燕くんに、言わないでおこうと思っていたのだけど……」

ベッドに潜り込みながら、律子が戸惑うように呟く。その声に、燕は思わず目をそらした。

先ほど漏らした懺悔の声が律子に届いていたのかと、掌に汗がにじみ鼓動が跳ね上がった。

「言うわ……私ね」

「……僕のことは」

「昨日ね、燕くんがお部屋に戻った後、外に出たの。雪をどうしても描きたくって」

しかし律子が差し出してきたのは一冊のスケッチブックだ。

「明け方まで、雪を描いていたの。何時間か……」

燕は震える手でそれを受け取り、中を開く。

中は、純白の世界だ。

真っ白に染まる木を、遊具を、道を、雪の世界を。

白い雪を黒い鉛筆で描く。難しい技を彼女は難なくこなす。鉛筆がたどった跡は確かに雪の冷たい曲線を描いている。真っ白な世界を、彼女は描く。線のない線で、雪を描き出す。

美しいその絵に指を這わせると、まるで雪のように冷たい。

「風邪ってきっとこのせいよね。これ言ったら、怒られるかなって……」

「……怒ります。怒りますが……」

心労が燕の肩をふるわせ、安堵が体の力を抜いた。

「まず、体を治してください」

雪の音がどこかから聞こえる。また今夜も積もるのだろう。

「そうしてくれると、僕の心労も、少しは減りますので」

燕の体に悪霊のようにつきまとう焦燥感を、律子は意識もせずに剥がしてしまう。剥がされたあとに残されるのは、怒りと悔しさと、安堵だ。分かっていて、離れられない。

(大概、俺も依存体質だ)

自嘲の言葉はスープの味に溶けて喉の奥に流れていく。


自室に戻ったのは夜も更けた頃。

この部屋は他の部屋よりもずっと冷たい。だからこそ、頭がどんどんと冷静になった。

(前を向く。か……)

そういえば、律子と出会うまで世界は真っ暗だった。少し前まで見えていたのは地面ばかりだった。

しかし、最近は天井の絵を眺めることもできる。

顔が前に向いている。しかし、足は止まったまま。前に進むにはどうすればいいのか、燕には分かっている。

燕の手の中にあるのは、充電ケーブルに繋いだ小さな黒いスマートフォン。

中を覗けばいくつかの着信とメールがあった。それをすべて無視して燕はアドレス帳から一つの名前を探り出す。

(前を向くほうが綺麗、か)

息を整え、唇を噛み。意を決して、画面に指を走らせる。静かな夜にかすかなコール音が響き、三度目が鳴る前に低い声が答えた。

「……もしもし?」

燕は息を吸い込み、久しぶりのその名を呼ぶ。

「父さん……久しぶり」

燕はただまっすぐに前を見る。

そこには美しい柏の森があり、燕の目の前には光の漏れた道があった。

年越し蕎麦と除夜の鐘

今年が、静かに終わろうとしている。暮れの空気は寂しく冷たい。大きな荷物を手に行き交う人々の間を縫って、燕は電車を数本乗り換えた。

駅から徒歩十分。夕日の色に包まれた建物を見て、燕は大きく息を吸い込む。

三十分近く寒風の中で逡巡した後、燕はようやく大きな木の扉に手をかけた。

扉を押し開け、燕は中を覗き込む。子どもの頃から毎日のように立っていた場所だというのに、今は妙によそよそしさを感じる。

真っ白に磨かれた玄関、画用紙も絵の具も筆も散らばっていない綺麗な廊下、そしてその廊下に立つ二人分のつま先。

「燕」

降り注ぐその声は懐かしさを感じず、まるで見知らぬ他人のもののようだった。

「うん」

うつむきかけた顔を、燕はまっすぐにあげる。

そこに立っていたのは燕の両親だ。

背が高く、冷たい顔をした父。

自分の顔によく似た、白い肌の母。

「……ただいま」

年末に一度顔を出す。燕が父にそう電話したのはクリスマスのこと。

父親は怒りもしなければ詮索もしなかった。ただ言葉少なく「ああ」と言っただけだ。もとより、言葉下手な人だった。

今もまた腕を組んだまま声も出さない。顔色も変えず、表情は薄い。

燕のポーカーフェイスは、父親譲りだ。

「燕、そこじゃ、なんだから……あがりなさい」

線の細い母親が、白い手で燕を手招く。

部屋に入ると、そこにはまるで生活感がなかった。部屋自体は律子の家のほうが広いだろう。しかしこの家のほうを広く感じるのは、家が散らかっていないせいだ。

そしてこの家には色がない。

茶色のテレビ台、上に置かれた小さな観葉植物、白い壁。

ベージュ色の棚の上、病院の薬袋を見つけて燕は母親を振り返る。

「母さん、具合が悪いの？」

「もう大丈夫。少し風邪をこじらせただけだから」

「母さん、俺が……」

目の前に置かれた小さなカップには、よそ行きの紅茶が揺れている。

「心配をかけたから？」

両親は言葉も返さない。ただ、三人の目線が不自然に空中で絡んだ。

「燕、お前、画廊でアルバイトをしているのだとか……わざわざ、社長さんがご挨拶に」

父親が言葉を探るように言う。その言葉を聞いて、葉巻の甘い香りが燕の鼻の奥によみがえった。それは軽い怒りとなって、燕は舌打ちを抑える羽目になる。

（……余計なことを）

「なかなか、いい会社じゃないか……有名な画廊だ」

父親の言葉はとつとつと低い。

「いっそ、その道に進んでもいいんだぞ」

しかし、それだけだった。久しぶりに会っても燕の体を案じる言葉はない。燕の心を思う言葉はない。ただ気まずさを誤魔化して言葉を探っている。表面だけの言葉だ。

もし律子なら、こんな時になんと言うだろう。そう燕は思う。

朝に家を出て、実家まで来た。たった半日の間に、すっかりとホ、ー、ム、シ、ッ、ク、になっている。

しかし、父親も母親も燕の変化に気づかない。

（……中学の、あの時みたいだ）

燕は苦みを堪えて唇を噛みしめる。両親が燕を見る目に絶望があり、不満がある。風邪を引いた燕を遠巻きに見ている、あの時と同じ目だ。

「変に期待をしすぎたのかもしれない。お前に……私たちの夢を。でも、大学は出ておきなさい、苦労をするぞ」

父の声は低い。そこに親子の情愛の響きはなかった。

燕はカップに手を伸ばし、熱いそれを指先で探る。口の奥が苦い。それは、久々に感じる絶望だ。両親はやはり、燕を見ていない。分かっていたはずなのに、その事実が胸を焼く。

燕が抗議の声を上げ反抗すれば、もしかすると親子の関係は変わったのかもしれない。

しかし、その踏み込み方を両親は燕に教えなかった。そして燕も、踏み込めなかった。かつての燕は、両親に嫌われることが恐ろしかったのだ。

「……ごめん、父さん。もう少しだけ」

味のしない紅茶を口に含み、燕はそれを飲み込む。まるで冷たい石を飲み込むようだった。

「ごめん、わがままで」

「燕」

母親の声が震えていた。それは悲しみの声ではない。ただ、目の前の子どもをどう扱っていいのか分からず戸惑っている、そんな声だ。

「私たちのせいなの……？」

「違うよ」

燕はゆっくりと立ち上がる。

「全部、俺のせいだ」

「燕、待ちなさい」

背の高い父親と向かい合うと、昔はその圧迫感に屈したものだった。しかし今の父親は、昔より一回り小さく見える。

「とりあえずは顔を出しただけだから。心配しないで。また……近いうちに」

両親の顔に浮かぶのは世間体への気遣いと戸惑いだけだ。

「よく、考えなさい」

彼が差し出したのは、薄い紙袋。

思わず受け取ると、大学の復学について書かれた書類がまとめられている。

突き返そうとする手が震え、燕は仕方なくそれを強く掴んだまま家を出ることとなる。

前は逃げるように飛び出した玄関を、今度は静かに閉める。両親の視線はやはり、燕ではなく燕の手に注がれているようだった。

その目を振り払うように駆け出して、たどり着いた駅の一角。燕は手にした紙袋をゴミ箱に押し付ける。

銀色の大きなゴミ箱が、大きな口を開けて燕を見ている、そんな気がした。

中を開け、捨ててしまえばいい。

実家の痕跡も匂いも大学のことも何もかも、捨ててしまえばいい。

そして何事もない顔で、律子の家に戻るのだ。

「……」

……が、手が動かない。

小さな紙袋から、手が離れない。

「どうかされましたか？」

「……」

「お客様？」

駅員の声で燕ははたと我に返った。気がつけば、周囲の人々が燕を眺めて通り過ぎていく。

仕方なく、燕は力なく首を振る。

「……いえ、なんでも」

捨てきれなかった紙袋を抱えて、燕は電車に飛び乗る。

外はもう、すっかり薄暗かった。


先日までの冷え込みを引きずるように、今年の大晦日の夜はぐっと冷え込んでいる。

鼻先を通り過ぎる風に独特の香りが混じる。焦げたような香り。これは、冬の香りである。

そして静かで澄んだ空気に混じる清らかな香り。これは年の終わる香りである。

しかし、律子の家はいつもと変わらない。絵の具と紙の香りに支配されていた。

「おかえりなさい、燕くん」

静かに扉を開けたつもりだが、中から明るい声が響く。

相変わらず散らかったままの部屋に、燕は不思議と安堵した。

絵の具の海の中をかき分けるように律子が玄関にひょっこりと顔を出す。

「お腹空いてない？」

「なぜ……ですか？」

「だって半日も出かけていたのだもの。お腹は空くものよ」

「いえ……」

紙袋をさり気なく隠して、燕は部屋を見渡す。

「……せっかく大掃除をして行ったのに、また散らかしましたね」

部屋はひどい惨状だった。散らばった絵の具のチューブに、画用紙、ペン、投げ捨てられたスケッチ、読み散らかした本。

風邪から復活した律子は、断固としてスケッチブックから離れない。

描くそばから取りあげても、彼女はスケッチブックを探し出しては描き、そこらに放置するためどうしようもない。

「掃除なんてしなくても、困らないもの」

「僕が困ります」

「困った顔の燕くんも素敵よ」

白いスケッチブックには、困り顔の燕が描かれる。この一枚だけでも、欲しいと願うコレクターはまだ居るはずだ。そんな貴重な絵を彼女は驚くほど簡単に描いては投げ捨てていく。

燕は、その散らかした画用紙を拾って集める。

「燕くんは生真面目ね」

そんな燕を見て彼女は小首を傾げて微笑む。その顔を見て、燕はとうとう諦めた。

外を見れば、大晦日の空はもう真っ暗だ。すっかり夜も更け、外を通る人は誰もいない。

先日までは夜遅くまで人が行き交っていた道も、大晦日の夜は一気に静まりかえる。

しかし、普段は真っ暗な闇に包まれている外が、今日は妙に明るいのだ。それは、どの家にも灯りがあるからだろう。

マンション、一軒家、どの窓もオレンジや白、黄色の灯りがぼうっと灯っている。

白い息を吐き出しながら、燕は外を見つめた。

……昨年、燕は何をしていたのか。

(ああ、家か)

昨年の冬は、追い詰められたように絵を描いていた。描いても描いてもうまく描けない。

そんな燕を、両親は遠巻きに見ていた。

今日と同じ目で、彼らは燕を見つめていた。

冷たい部屋で一人きり。その日、食べたのは確か冷え切ったコンビニ弁当だ。冷たい米粒が、いつまでも喉の奥に残っているような、そんな暮れだった。

「あら。燕くん、これってお蕎麦？」

ぼんやりと外を眺めているうちに、気がつけばすぐそばに律子が立っていた。彼女は机の上にのっている、小さな袋を見つめているのだ。

「ああ。年越し蕎麦の……セットになってるやつですけど。そうですね……」

それを見た途端、律子の腹がぐうと鳴る。

「お腹が空いたわ」

「もう夜ですしね。じゃあ食べましょうか」

袋を開ければ、中から「賀正」と書かれた紙がひらりと舞い落ちた。

それは近所のスーパー前で売られていた、天ぷらと蕎麦のセット。大量に山積みされて売られている様を見て、ああ今日は大晦日なのだ。と、燕は思わずそれを購入していた。

数は二つ。手の中にずっしりと食い込んだ予想外の重さに、燕は戸惑った。

誰も見ていないというのに、気恥ずかしさに顔を俯け、やがて唇を噛みしめた。理由もなく、にやけてしまう。実家で感じた重苦しい空気は音を立てて消えていった。

その時のことを思い出し、燕は慌てて顔をそらしキッチンへ急ぐ。

「すごいわ、年末みたい」

「年末ですから」

鍋を用意する燕を見て、律子は嬉しそうに付いて回る。

大きな鍋に湯を張ると、さっと黒い麺を茹でる。別の鍋で温め返した出汁、そして湯がきたての柔らかい蕎麦の麺、それを二つの椀に取り分けると、赤の器に黄金色の汁、黒い蕎麦の美しさ。

セットの天ぷらは少しトースターで温めて、丼に移した蕎麦にのせるだけ。

驚くほど簡単だというのに、出汁に触れると黄色のエビの天ぷらがじゅ。と音を立てた。

切ったネギを上から散らしてテーブルに並べると、ふわりと出汁の湯気が立ち上る。

それは、冷えた空気を一気に暖めた。

「美味しそう！」

出汁は透明感のある黄金色で香りは甘い。深いところに、海の味がする。

一口すると出汁の温かさと、香りが口いっぱいに広がった。

天ぷらの衣は触れるだけでほろほろと崩れて、透明な出汁に油の膜が浮かぶ。そのおかげで、出汁は火傷をしそうなほどに熱々だ
その上に、七味を散らせば赤の色が美しい。

額に汗を浮かばせながら蕎麦をすすり、律子がしみじみ呟いた。

「私ね、年越し蕎麦って初めてなの」

「……」

「どうしたの？」

「……驚いています」

律子の言葉に、燕は呆然と箸を止めた。それほど年中行事に興味のない燕でさえ、年越し蕎麦は食べたことがあるし、誰しもそうだと思っていた。

「驚くほどのことかしら。うんと小さな頃は食べたかもしれないけど……だいたい、年越し

は絵を描いていたのよ」

「お弟子さんが、いくらでも作ってくれたでしょう、昔は」

「ううん。みんな、実家や家に帰るから、年越しはだいたい、私一人」

燕は食べる手を、ふと止めた。この広い家に教え子が集まればさぞかし、賑やかだろう。

しかしその賑やかさから一転、正月には誰もいなくなるのだ。そうなれば、ひどく静かに違いない。

その静けさの中で、律子は過ごしてきた。

しかし。

「……旦那さんが、いたでしょう。昔は」

その言葉を吐くだけで、なぜか燕の奥がずきりと痛んだ。その痛みの理由は分からない。

禁断の言葉のように、呟くだけで燕の深いところを傷つける。

「ううん」

しかし、律子は気づかないのか平然と首を振った。

「あの人と二人だけで過ごしたのは春から夏まで。誰かとお正月を一緒に過ごすなんて」

その顔に一瞬浮かんだのは、複雑な色だった。

彼女の目の奥、誰かの影が映ってすぐ消えた。

「燕くんが、本当に久しぶりのことなのよ」

律子は、ふうふうと蕎麦に息を吹きかけながら、幸せそうに笑う。

燕も、再び蕎麦を噛みしめる。この寒さの中、顔の周りだけが暖かい。

「温かいご飯が美味しいってことを知ったのも、久しぶり」

蕎麦の温かさは口を伝わり胃に落ちて、手の先まで温めるようだった。

すっかり冷え込んでいた二人の身体は、ようやく熱を取り戻した。

「絵を描いてると、食べ頃を逃しちゃって。ご飯って冷たいものだと思っていたもの」

燕もふと、思い起こす。

幼い頃はともかく、ここ何年も大晦日には絵ばかり描いていた。食事をした記憶はあまりない。

誰かと向かい合って食事をする大晦日はここ数年、なかった。

「季節ごとの料理って、本当に美味しい……って教えてくれたのも燕くんよ」

孤独というのは一つの病で、特効薬はない。ただし、こうして誰かと向かい合うことで確実に癒えていく。

いつか律子が、向かい合って食べるのがいいと言ったことがある。その言葉を燕は今さら噛みしめる。

蕎麦を飲み込み、そして燕は少しだけ笑った。

「……おせちは、作りませんよ。作り方、知りませんし」

「あら奇遇ね。私もよ」

気取った風に律子が言った瞬間、どこか遠くから鐘の音が響く。この付近に寺はないはずだ。どこか遠くの音が、澄んだ空気にのって流れてきたのだ。

それは高く低く長く、静かに響く。

「ほら、鐘が聞こえる」

律子が蕎麦を食べる手を休め、耳を澄ませた。

空気を震わせる音は、ゆったりと静かに響き渡っている。

「綺麗ね。ゆっくり聞こえてくる。でもだめね、私の煩悩は一つもはらえないのよ」

律子は幸せそうに蕎麦を噛みしめながら、音に耳を傾ける。

「絵も描きたいしお蕎麦も美味しいし……」

それは煩悩をはらう音だという。人間の中に眠る煩悩を、溶かす音だという。

少し前の燕には、煩悩というものはなかった。絵という煩悩が、すっかり剥がれ落ちてしまっていたからだ。

しかし、今はどうだ。

昨年までとは異なる煩悩が、燕の前に立ち塞がっている。

「あ、燕くん」

律子がふと、耳を澄ませるように目を閉じる。どこか遠くで花火の鳴る音がした。

「……年明けの花火よ」

実際のところ、一分前と何も変わらないはずだ。しかし、確かに、今何かが切り替わった。

律子は顎を手で支えて、まっすぐに燕を見る。驚くほどに優しい笑顔で。

「あけまして、おめでとう」

「……おめでとうございます」

二人で放った言葉の上に、除夜の鐘はまだ鳴り続ける。

その音の上に、さらに律子の腹の音が重なった。

「燕くん、お蕎麦だけじゃ足りないわ」

「だと思いました」

立ち上がり、冷蔵庫を覗けば贈り物の食材が大量に重なっている。

野菜、肉、パン、米。どれも大量だ。特に今年は多い、と律子は笑う。

その中を探ると、白い餅が転がり出た。

「……餅でも焼きましょうか」

「食べたい！」

トースターで表面が焦げ上がるほどしっかり焼いて小麦色の焦げ目に醤油を垂らす。そうすれば、皮がじゅ。と沈んで途端に漂う醤油の香り。まだ熱い間に海苔で巻いて食べる。もしくは砂糖を溶かした醤油の中に泳がせる、もしくはきな粉、もしくは大根おろし。様々な餅の料理を考えるうちに、燕の体はすっかり温まっていた。

蕎麦のおかげでまだ暖かいキッチンの中、餅を焼く燕の上で除夜の鐘は鳴り響く。

煩悩は、まだまだはらえそうもない。と燕は年明けの空気を吸い込んだ。

過去と秘密と塩ラーメン

「燕くん。もうおせち、飽きちゃった」

我慢の限界だ。と、律子が降参の声をあげたのは、三が日が終わろうとする頃だった。

「おせちって、食べても食べてもなくならないでしょう？　色は綺麗で、すごくすごく素敵なんだけど、どれも甘くてしょっぱくて、味は濃いし……」

机の上に並べられた漆塗りの重箱を見つめ、律子がため息を漏らす。

続いて彼女はキッチンを恨みがましそうな目で見つめた。

「……お餅も好きだけど……飽きちゃった」

彼女の目線の先、キッチンの机には山積みになった白い餅。ざっと、三十数個。

「まあ、僕も同感ですが……」

いい加減食べ飽きた黒豆に箸を伸ばしながら、燕もため息を吐いた。

これだけではない。机の下には未開封のおせち入り重箱が眠っているのだ。

「みんなこんなに贈ってくることなんて、これまでなかったのに」

と、律子は深々ため息を吐く。

元旦、年賀状と同時に大量の段ボールがこの家に届いたのである。中身といえばおせち、餅に蜜柑の大攻勢。特に、おせちは重箱入りの立派なものがいくつも届いた。

すべて、律子の教え子からである。

（……律子さんの交友関係を、なめていたか）

ねっとりと甘い黒豆を飲み込みながら燕は眉を寄せる。

いまだ、ハロウィンにカボチャを送り続けてくるような教え子たちだ。新年の挨拶に食べ物を送って寄越さないわけがない。

「美味しいんだけど、美味しいんだけど。だっておせちって、冷たいんですもの。お餅は美味しいけど、すぐにお腹一杯になってしまって、楽しくないんですもの」

律子は情けない顔をして、そっと箸を皿の上に揃える。

最初こそ楽しそうに食べていた律子だが、三日も同じものを朝昼晩と食べ続ければ飽きてしまうと言った。

「ですね」

燕もつられて、箸を置く。燕も、そろそろ味に飽きてきた。

「まあ、全部日持ちしますしね。別のものを作ります」

外は強風。がたがたと窓が揺れている。今年の正月は、風が強い。雪でも降りそうな底冷えで、床から足へ、足から指へと冷やしていく。

天候が荒れたこともあり、二人はこのビルに閉じこもったまま、正月の三日目を迎えている。

食べ物の一つ一つにもその寒さが染み込んだようで、食べるたびに身体が冷えていく。

(……仕方ない)

立ち上がり、袖をあげる。キッチンに向かう燕を、引き戻したのは律子である。

「あ。待って、燕くん。せっかくだし、気分を変えましょう」

彼女は楽しいことを思いついたように、紙の袋を引っ張りだす。

「なんですか、その紙の袋」

「たとう紙、っていうのよ。着物を入れる袋のこと」

床に広げ、紐を解く。その中から引き出されたのは、深みを帯びた紺色の着物。よく見れば様々な紺色が何重にも塗り重ねられていた。深みのある紺色だ。

燕に染めの善し悪しは分からないが、その色は人の目を引きつける。

人を拒否するような冷たい色合いである。

「……着物?」

それは男物の着物のようだ。身体より大きなそれを律子は悠々と広げ、燕の肩にかけた。

「……あら。ちょっと大きいけど服の上からなら、ちょうどよさそうね。せっかくお正月だし、今日は着物の燕くんを描きましょう」

「今から食事を作るのに、汚れたらどうします」

「昔の人は、料理も何もかも着物でしていたのだから、汚れたら洗えばいいのよ」

止めても律子は聞かない。服の上から、意外なほど器用な手つきで燕に着物を纏わせる。

締められた帯の力強さに前のめりとなり、慌てて柱を掴んだ。

鏡に映った自分は、冷たい紺色に包まれている。

「深い紺色ね。まるで……冬の夜の色みたい」

律子の言う通りだ。色のせいか、まるで冷たい夜に包まれているような、そんな気がする。

冷えてきた腕をさする燕を構うことなく、律子は数歩下がってじっと目線を走らせた。

「……着物の裾のあたり、足の形が浮かび上がる皺とか、肩から流れるラインだとか、服とは違って、凄くいいわ」

その目は、素材を見る画家の目だ。

服も皮膚も通して、体の奥深いところを見られている。そんな気がする。律子に見つめられると、燕は動けなくなってしまうのだ。

仕方なく、着物の裾を整えるふりをして目をそらした。

「……ところで、これは、誰の着物ですか？」

「教え子が持って来たの。この色を作る手伝いをしたとかなんとか……」

着物の帯を直しながら、律子は平然と言う。

「……とはいっても、玄関にあった手紙に、そう書いてあったのだけど。燕くんも知ってるかしら、いつもワインを送ってくる子」

「ああ……」

ふ、と燕の体が弛緩する。葉巻と男ものの香水が鼻につく男。

彼を思い出す時、いつも頭のどこかに雨音が響く。

(……出て行くと言ったのに、出て行っていないから怒っているだろうな)

なるほど、彼に似合う色である。

「じゃあ、汚してしまってもいいですね」

「着物も似合うわね、燕くん。とても綺麗」

燕の呟きは、律子には聞こえなかったらしい。

律子はしみじみと、燕を見つめて言う。そして恥ずかしそうに目を細めた。

「綺麗って久しぶりに言った気がするわ。いつもちゃんと、そう思ってるのよ」

「……そうですか」

燕は袖に隠れた掌を、強く握った。その言葉は十日ほど前にも聞いたばかりだ。病床の中、彼女は自分の発した言葉を忘れてしまっている。

それは、燕にとって幸いであり、少し不幸だ。

「料理をするのなら、お袖をたすき掛けにしてあげる」

肌触りのいい袖をめくりあげ、律子が器用にたすき掛けとした。

燕はその場でくるりと回ってみせた。

「なるほど、これは動きやすい」

でしょう。と、律子が笑ってペンとスケッチブックを手に取る。その顔には、先ほどまでの不満気な気配はない。

つまり、律子は退屈だったのである。

燕はその恰好のままキッチンにまっすぐに向かう。窓から見える外は、そろそろ夜が訪れようとしている頃である。


冷え切ったキッチンも、コンロに火をいれるとじんわりと暖かくなる。

燕の目の前では、小さな鍋にくつくつと湯が沸いている。そこに燕はそっと、黄色の乾麺を二つ沈めた。

最初は硬い乾麺も、箸で突けばやがて緩やかに解けていく。熱い湯の中でくったりと広がった麺を混ぜ、調味料袋の中身を綺麗に入れてしまう。

……汁の色が一瞬、黄金のように輝いてやがて薄い黄色に染まりきる。

燕はそれを大きな丼二つに、流し入れた。

薄い黄色の麺と汁が混じり合うだけの丼の上に、燕はいくつかのトッピングをはどこし、最後の仕上げに卵を落とし込む。

卵の白身は汁の熱さに、あっという間に白く濁った。

さらに、隣のフライパンの上で音を立てる小麦色の固まりを、汁の上にそっとのせる。

じゅ。と、響く小さな音。ふわりと立ち上る、甘い香り。

薄く付いた茶色の焦げは、汁の中でとろりと溶けた。

丼を持ち上げた燕の真後ろから、わあ。と感嘆の声があがった。

「ラーメン！」

律子がスケッチブックを投げ出して、燕の後ろから丼を覗き込んだのだ。

放り出されたスケッチブックには、着物姿の燕が描きかけのまま放置されている。彼女は絵などすっかり忘れた顔で、目を輝かせていた。

「塩ラーメンです」

燕が今、作り上げたもの。それは、インスタントの塩ラーメン。

トッピングはバターで焦がした切り餅と、雑煮の余りのほうれん草。そして、おせちの残りものであるピンクの蒲鉾に、生卵。

ねっとりと透明に輝くスープには、バターの甘みがよく似合う。まるでアラレのようによく揚炒めた餅は、スープを吸い込んでぐずぐずと崩れていく。

「ついでに、これも消費しましょう」

テーブルにのったままの重箱からエビを二尾。甘く煮含められたそれをラーメンの上にのせると、赤の色が綺麗に映えた。

同時に、甘みがスープに溶け込んでいく。

「いただきます」

律子は席に座るなりもどかしそうに丼鉢を掴み、すする。彼女の顔が塩味の湯気に濡れた。

「……塩ラーメンの塩の味って、なんだか特別よね」

塩ラーメンの塩味は、煮込むと甘みのある塩になる。

ふうふうと、息を吹きかけながら律子は夢中でスープを飲み込んだ。

「麺もくたくたになって、美味しい……白、赤とピンク、黄色に緑。こんなに賑やかなお正月料理ってあるのね。生卵の黄身の色って特別綺麗に見えるの、なぜかしら」

表示されている時間よりもじっくり煮込んだ麺は柔らかく、胃にするっと収まる。

崩れた餅が、麺に絡みついてねっとりと蕩けていくのが何ともいえない。箸の先で卵を崩すと、丼鉢の中一面に黄色が広がった。

塩味のスープには胡椒も少々。甘みのある塩味の奥にぴりりと響く胡椒の味が、冷えた体を温める。

視線を感じて顔を上げれば、律子が小さく吹き出したところだ。

「なんです？」

「着物で食べてる燕くんが、ちょっと面白くって」

「律子さんが着せた癖に」

「とっても似合うわ」

ラーメンに息を吹きかけ、必死に食べる律子の顔が笑顔に染まる。

「なんだか不思議ね、おせちって味が濃いからすぐにお腹いっぱいになるの。でも、実際はそれほど食べてないでしょう。で、今、ラーメンを食べて分かったの」

まだ温かい丼鉢を両手に包み込み律子がしみじみと言う。

「やっぱりお腹が空いてたんだなあって」

お腹いっぱい。と言う律子の幸せそうな声を合図にしたかのように、窓が大きくきしんだ。振り返ると、窓の外が真っ白に染まっている。

雪だ。風に煽られて、右に左に、細かな粉雪が、翻弄されるように舞い踊っている。

「すごい。突然の吹雪ね」

ラーメンのおかげで体は芯から温まり、額に汗が浮かんでいる。ぱたぱたと顔を仰ぎながら、羨ましそうに律子が窓に張り付いた。

「外は涼しそう」

「行かないでくださいよ」

「行かないわ。中から外を見るだけよ」

律子は子どものような言い訳をして、窓を開ける。と、部屋に雪風が滑り込む。

しかしそれも、胃の中から暖かい今の二人にとって、逆に心地のいい風だった。

「……燕くん、せっかくだから決めごとをしましょうか」

「決めごと？」

冷たい雪を顔に受けながら律子がふと、そんなことを言った。

「年に一回、お正月だけは相手に聞きたいことを聞いてもいいの」

「……？」

眉を寄せた燕に構わず、律子は続ける。

「そして、相手に聞かれたら答えなくちゃいけない」

「なんで、突然」

目の前は白と黒、ただ二色だ。今朝降った雪がまだ溶けきっていない、その上に雪はまた積もる。外を歩く人もいない。

年末に見た、透明感のある夜ではない。年明けの夜は、少し濁って見える。

雪のせいか、まるでこの世界にただ二人きりでいるような、そんな錯覚を覚える夜である。

律子は涼しそうに風を受けながら、目を細めた。

「そんな決めごとがあってもいいって思わない？」

窓を閉めようと伸ばした燕の手が止まる。外の暗闇と着物の色が混じりあい、まるで夜に吸い込まれるようだった。

「そんな決めごとをしなくても……」

答えますよ。という言葉を燕は呑み込んだ。

これは律子から差し伸べられた手だ。踏み込み方を知らない燕に、律子のほうから手を差し出した。

「じゃあ、燕くんからどうぞ」

吹き付ける雪風に負けずまっすぐに立つ律子は、燕から目を離さない。燕はその目に射抜かれたように動けない。

「……僕から？」

「何でもいいの。この家のことでも、絵のことでもなんでも」

「……」

燕の目が泳ぐ。

部屋のあちこちに散らばる絵、絵、絵。どうすればこんな風に絵が描けるのか。

部屋に積まれた食材の数々。これから予測される、教え子の数。かつてここで繰り広げられていた、教え子との日々のこと。

黄色が使えない理由、使いたくないその理由。

燕が纏う着物を送りつけてきた、あの男と律子の関係。

三階に広がる部屋。なぜ、あんな絵があそこにあるのか。

……そして、律子の姿に時折重なり見える、一人の男の存在。

死んでしまったという彼女の夫は、どんな男だったのか。

「律子さん」

ぐるぐると思考が渦巻いて、気がつけば燕は強く拳を握り込んでいた。それをゆるゆると解けば、爪が掌に食い込んで跡になっている。

「……やっぱり、先に律子さんからどうぞ」

息を吐き出し、言えたのはそれだけだ。

「あら。いいの？」

じゃあ来年は、燕くんからね。と、律子は無邪気に笑う。そして少しだけ息を吸い込んだ。

「燕くんは、絵が嫌い？」

意外な一言に、燕の頭の中が白くなる。順番を避けて態勢を整えるつもりが、逆に掴まれた。顔を背けようとすると、律子が燕の右手を掴む。

女にしてはしっかりとした手だ。細くて小さい癖に、指はごつごつと節が目立つ。

彼女はその手で、燕の手を包み込んだ。

「絵を描いていた手をしてる。絵を知ってる癖に、避けるのね」

「僕は……」

興味本位の声ではない。責める声でもない。しかし、優しい声でもない。

真綿でじんわりと締め付ける声だ。それは、クリスマスイブの日、燕を締め付けた声だ。

律子はどこか深いところで怒っているのだ。絵を知っている癖に、絵から離れようとしている燕のことを。

「僕は……昔……昔」

まるで喉を締め付けられているようで、声が途切れる。口が震え、言葉が出ない。

「僕は、昔」

絵が描けなくなった。絵が恐ろしくなった。それは燕のくだらない自尊心のせいだ。

しかし律子は既に燕の過去を、柏木から聞かされているはずだ。だというのに、その過去を燕自身に答えさせようとしている。それは残酷な話だった。

律子の手を振り払い、また出て行くことはできる。しかし、燕の身体は動かない。

「燕くん」

律子はまっすぐに燕を見た。しかしその目は真剣で、軽蔑の色も不快がる色もない。

「私はね、燕くんが絵が描けない理由はどうでもいいの。燕くんの過去にも興味はないわ。あなたが言いたくなるまで、燕くんの過去は何も聞かないって決めてるの」

「僕は」

「私が興味があるのは、燕くんの未来だけ」

言葉を絞りだそうとすれば、律子がそれを留めた。

「ねえ、絵は、嫌い？」

「……嫌い……では」

ほろりと、燕の口から言葉が漏れた。

その瞬間、鼻の奥に絵の具の香りが広がった。

半年前は絵を、色を考えるだけで震えた。

数ヶ月前までは律子の落とした絵の具に触れることもできなかった。

しかし今は、頭の中に常に色がある。

色が、溢れている。

「嫌い？」

「嫌いでは……ないです」

先ほどまで響いていた風の音が凪いだ。

声が想像以上に大きく響き、燕は慌てて口を手で押さえる。

「……よかった」

しかし燕の言葉に、律子の顔に笑みがこぼれた。

同時に、外を吹く雪がまた激しさを増す。まるで吹雪のようだ。窓を開けたままにしているせいで、気がつけば二人の服にも雪が積もり、室内にも小さな白い固まりが転がっていた。

「また風邪を引いたら燕くんに怒られちゃう」

律子は先ほどまでの空気を忘れたように、寒い寒いと騒ぎながら窓を閉める。

「はい。じゃあ、次は燕くん」

「……律子さん」

扉を閉めるとまた静寂だ。燕は乾いた唇を噛みしめた。

「律子さんの、亡くなった旦那さんというのは……どんな」

唇が乾く。喉が震える。自分の声が、耳元で響くような感覚だ。

「どんな人だったのですか」

言い切った燕の前で、律子が目を見開く。予想外の質問だったのだろう。一瞬、唇を震わせたが、やがて諦めたように笑った。

「螢一（けいいち）さんは……そうね、素敵な人だった」

名前を聞いて、燕の心のどこかが痛んだ。やはり律子の夫は実在していたのだ。そんな現実を叩きつけられる。

「絵が大好きで、たくさんの絵を描いたわ。でも事故に遭ってね、利き手を怪我したの。繊細な絵を描く人だったから、心も繊細だったのね。そして絵が描けなくなって」

律子は窓の表面を指でなぞった。結露した窓は、彼女の指に沿って跡が付く。

「練習すればまた描けるようになるって、お医者様はそう言ってた。でもね、それには時間がかかるんですって」

彼女の指から、まるで涙を流すかのように水が滴る。

「そのせいで、絵を嫌いになって、絵を避けるようになって」

律子は水の雫を手の甲ですり潰した。

「……死んだの」

窓が、一段と強く揺れた。殴りつけるような激しさである。しかし律子は構わず続けた。

「夫はね。私に絵を教えてくれた恩師よ」

そして燕は遠い記憶を不意に思い出す。それは美術雑誌の古本の中に書かれていた、とある画家の訃報だ。

といっても燕が直接知る画家ではない。その雑誌が刊行されたのは二十年ほど前。燕がちょうど生まれるか、生まれていないか、という時期である。

そんな古い雑誌の片隅、それはひどく事務的に冷たく書かれていた……有名な日本人画家が自殺したという訃報である。

日が変わる頃、雪は雨に変わった。

外を叩く雨の音に気づいた律子が、筆を持ったまま顔を上げる。

「あら、雨に変わっちゃったみたい。積もると思ったのに残念」

律子が向かっているのは燕の部屋の壁。大きな柏の木が描かれたそこに、律子が絵を描き足していた。

といっても何を描き足しているのか、燕には分からない。ただ、木の真ん中あたりに、巨大な固まりを乱雑に描き足しているようにも見える。

着物から部屋着に着替えた燕はベッドに寝転んだまま。眠るでなく起きるでなくそんな風景をぼんやりと見つめていた。

乱暴に脱ぎ捨てた着物は、キッチンのソファーに引っかけたままだ。

なぜこんなに心が乱れるのか、なぜ絵を嫌いと言い切れなかったのか。

何度考え込んでも答えは見えない。悶々と、燕の中に渦巻いてため息しか漏れてこない。

しかし、律子はいつもと変わらない目で、燕を見るのである。

「燕くん、明日のご飯はなにかしら。おせちはもう飽きたのだけど」

雪で冷えた空気は、雨のせいで湿った冷たさとなった。それでも律子は気にもしないように、冷たい壁に絵を描き続けているのである。

「……律子さん、一月の間は、おせちと餅が続きますので覚悟してください」

「……」

「心配しなくても、アレンジして出しますよ」

「ああ、よかった。燕くんのアレンジは美味しいもの」

シャッターを叩く雨の音に風の音、律子の鉛筆が壁にこすれて立てる、乾いた音。

「律子さん」

「なぁに？」

律子は手元のパレットで色を作りながら、上の空で答える。

彼女の手元にも絵の具の詰まった箱にも、相変わらず黄色はない。食べ物の黄色はあれほど喜ぶくせに、彼女の生み出す黄色を見たことがない。

「なんで、黄色を使わないいんですか」

「燕くん、質問は一年に一回だけよ。次の質問は来年のお正月」

律子は小さな子どもに対するように言い返し、絵を描き続ける。絵の具の香りは、開け放った扉の向こうに流れて行く。

「質問じゃないです。先ほどの質問の続きだ」

身を起こし、燕は律子の背を見つめる。

かつて燕の目を捉えた、フリージアの黄色。出会って今まで、一度も見ていない律子の黄色が燕の脳裡に広がった。あの綺麗な色を、燕は一度も見ていない。

「黄色を使わなくなったのは、旦那さんを亡くしてからですか」

「そうよ」

肩越しに振り返った、律子の横顔は薄暗い。彼女は、やがて掠れるように言った。

「使っちゃいけないの」

「なんで……いえ」

律子の背には拒絶があり、重ねようとした質問は喉の奥で溶けてしまった。

「……おやすみなさい」

言葉を呑み込んで、燕は律子に背を向ける。

しかし律子は構わず描き続けていた。

「おやすみ、燕くん」

律子の言葉を受けて燕は口を閉ざす。

しかし、燕は目も閉じられないまま。ただ、握りしめた自分の手をじっと凝視していた。

時には強火でチャーシュー炒飯

正月の空気が緩みかけ少しずつ日常に戻りかけている、そんな時期のことである。

と、明るい声が聞こえたのは、松の内すぎ。

「燕！」

「燕！　俺だよ！　俺！」

吹き付けてくる冷たい風に震えながら歩いていた燕は、その大きな声に驚いて顔を上げる。

声の主はちょうど車道の向こう側。燕とそう年の変わらない男が手を振っていた。

彼は燕が顔を上げたことが嬉しいのか、元気よくガードレールを飛び越える。そしてクラクションを鳴らす車に向かって大げさに一礼してみせると、一足飛びに燕の隣に滑り込む。

「やっぱり！　燕だ、久しぶり！」

駆けつけた彼は大げさに息を吐く、その息が弾んで白い煙がにじむ。きらきらと輝く目が燕を見上げる。

背は燕より低く、顔も幼い。

「俺だって、俺！　ひっでえな、電話切りやがって！　せっかく学祭のこと、知らせてやったのに！」

「……あ」

彼の言葉を聞いて、燕の頭の中に様々な風景が浮かんでは消えた。

それは絵の具の香りであったり、屈折を覚えた日の夕暮れの色であったり、入学式の張りつめたよそよそしい空気であったり、学友の姿であったりする。

すべてがない交ぜとなったあと、燕はようやく一人の顔に行き当たった。

「……田中？」

そしてようやく、その名前を思い出したのだ。

目の前に駆けてきたのは、かつての級友だ。顔はもう半分ほども忘れかけていたが、声ですべてを思い出す。

ハロウィンの頃、彼は燕を気遣う電話をかけてきた。それ以降もメールや電話を、幾度となく寄越していた。それをすべて、燕は無視していた。

「あのあと、メールもしたし、電話もしたんだぜ」

名を呼ぶと彼は無邪気な笑顔を浮かべてみせる。軽薄そうな顔だが、笑うと妙に人なつっこい。子犬のような笑顔だ。

「全部無視しただろ、燕」

気まずくなり、燕は思わず顔を俯ける。

「ごめん、充電してないから」

「ひっでえなあ」

と、口では言いながらも相変わらずの笑顔である。

その顔は、燕と出会った時と同じまま。

入学時、燕は比較的級友たちに受け入れられていたはずだ。

しかし屈折し、愛想笑いも世間話もできなくなった頃、周囲から一人二人と人が減った。

絵に絶望してからは、燕に声をかける人間は激減した。

休学届を出すその日まで、何かと声をかけてきたのはこの田中だけだった。

「心配してたんだよ。なんかお前の変な噂が流れてくるし」

「噂？」

「お前が女のヒモになって貢がせて、豪遊してるって噂」

お前ならできそうだもんなあ。と、羨望めいた顔で田中がため息をつくので、燕は苦笑しか返せない。

噂とは肥大して伝わるものらしい。

「してるよ」

「え？」

「……って言ったら、どう思う？」

燕の言葉に目を丸めたが、やがて彼は大声で笑った。そういえば、豪快で素直な男だった。

その空気に呑まれて、燕の緊張も解けていく。

「田中、お前この辺に住んでたっけ」

「違う違う、これこれ」

田中は一枚のパンフレットを取り出して見せる。

「この近くの幼稚園にさ、有名な画家の絵が飾られてんだよね。毎年クリスマスに絵を贈ってるらしくって。その幼稚園で年明けから期間限定で一般公開されんの」

燕は思わず、手に持っていた荷物を落としかけた。

……そのパンフレットには、律子の絵が載っている。燕の失敗から生まれたショートケーキの絵も、律子が楽しそうに描いていた雪の絵も、なにもかも。

パンフレットに映された律子の絵はよそよそしく、実物よりもずっと天才的に見えた。

「近代美術のレポートがあるんだ。お前もこの辺住んでるなら行ってみろよ、よかったぜ。色使いとか、大胆で。今は絵を公表してない画家だから貴重なんだぞ」

田中は興奮するように、目を輝かせた。

この画家の家に住んでいる……などといえば田中はどんな反応をするだろうか。と、燕は腹の底で考える。

「さすがだったよ。全然、衰えてない。近代美術の先駆者って感じ」

「……そうか」

冷たい風にさらされて燕は目を細める。正月ほどの寒さではないが、身に染みる寒さは今も続いている。指先は凍え、燕はその冷たい指をすりあわせた。

「燕、絵をまだ続けてるんだな」

パンフレットを鞄に戻しながら、田中は燕の指をみる。

……すりあわせる燕の爪先に、絵の具がついている。それは律子の色である。片づけをし
ていて色が染み込んだのだ。

先ほどのパンフレットに描かれていた色よりも、ずっと明るい。生きた色だ。

「これは」

「お前、絵を描くの好きだったもんな」

違う。と否定しかけた言葉が、燕の中で溶けた。

田中は羨ましがるような、嬉しがるような目で燕をみている。

「俺もお前の絵、好きだったよ。繊細でさ。だから、燕が絵をやめてなくて、よかった」

二人の横を自動車が何台も通りすぎて行く。

正月の緩やかな空気はすでに消えていた。今は忙しない一月の空気が流れるばかりだ。

「絵をやめないでよかった……ってなんで？」

「なんでって？」

田中は不思議そうな顔をして、燕を見た。

「当然だろ」

田中は、腕時計を横目で気にしている。このあと、授業でもあるのかもしれない。すでに

世間は日常に戻っている。

　戻っていないのは、燕だけだった。

「だって絵描きって繊細だろ。まあ俺はそうじゃないけどさ」

　田中は寒そうにその場で足踏みしながら、燕を見る。

「俺、将来は絵じゃなくってさ、絵とか絵の歴史の本を書いたり作る仕事をしたいんだよね。解説書っての？　自分で絵を描くより人の絵見るほうが好きだからさ」

　平然と夢を語る田中を、燕は眩しく見つめる。思い返せば燕には夢らしい夢がなかった。ただ、親の引いた線の上をおぼろげに歩くだけだった。夢を語る田中の前には、ゆうゆうとした大地が広がっているようで、燕にはそれが眩しいのである。

「……まあ親には反対されてるんだけど」

　何でもないように田中は言う。その言葉が燕に刺さった。しかし田中の顔に、苦しそうな色はない。

「反対って……なんで」

「それなら美大じゃなくてよかっただろ。って、元々、美大に行くのもいい顔してなかったからうちの親。まあ、別に許して貰えなくても、好きにするけどさ」

　彼は何一つ気にしていない顔だ。その明るい顔の下で、葛藤があるのだ。燕だけでなく、葛藤は、そこらに転がっているのかもしれない。

「……んでさ、話を戻すけど、そういう美術の本をみてるとさ、よくいるんだ。絵が描けなくなって、筆を折って死ぬような画家。繊細な絵描きは多いからさ」

燕のどこかが、ちくりと痛んだ。律子の言葉が頭に蘇ったのだ。

彼女の前から消えてしまった、繊細な絵師。

「だから燕がまた、絵を描いてるのはよかったなって。嫌だよ、俺。将来俺が本を書く時に、友達が死んだとか書くのはさ。そんだけ」

「……」

「今日会えてよかったよ。お前も冗談言えるくらいになってんだな。休学する時、完全に落ちてたもん」

さぞ、燕は間抜けな顔をしていたのだろう。田中はまた笑い、燕の背を強くたたく。

「落ち着いたら、復学しろよ」

「ああ」

素直に頷いた燕に、田中は嬉しそうに手を振り、もとの道を駆け戻っていく。このまま大学に向かうのか、よく見れば彼の肩には画板の袋が提げられている。

羨ましい。と自然に思えた。

そう思えた自分に、驚いた。

（……帰ろう）

燕の手から提げられているのは、画板ではない。買い物袋だ。

今朝、律子が突然「炒飯を食べたい」などと言い出したのである。突然の言いぐさはいつものことだ。そして食べたいと言い始めれば、止まらない。

「ぱらぱらで、お店みたいな、お醤油味で、そして茶色くて……香ばしい炒飯が食べたいわ。私、こういう焦げた茶色も好きなの……ほら、すごくあったかそうで美味しそうでしょ」

彼女が見ていたのは料理本だ。大きな中華鍋で豪快に作る炒飯がカラーで掲載されている。こんもりと皿に盛られた炒飯は一粒一粒油をまとっているような焦げた茶色で、確かに美味しそうだった。

「できませんよ。僕は店みたいに作れません」

燕は机に肘をついたまま、反論してみせた。謙遜ではなく真実だ。オムライスならともかく、炒飯は難しい。どうしても水気が残る。

しかし律子の手はすでに、模写を始めている。このままだと家中の紙という紙に茶色い絵が描かれてしまう。それを阻止するために、燕は買い出しに出た。

……そこで、田中と出会ったのである。

(絵を描くのが好き……か)

燕は冬空を見上げた。空気は澄み渡り、綺麗な青空が広がっていた。

律子なら、この色を見るなりすぐに絵を描くのだろう。しかし屈折した燕は素直に絵筆を握れない。

燕は絵だけのために生き、絵を描くこと以外許されなかった。自分の絵というものはなく、絵を描くことは義務であり期待に応えるためだった。

義務も期待もなくなった時、残ったものは空虚だった。

(俺の絵が好き、か)

だから、屈託なく好きだと言える田中が羨ましかった。

(分からない)

燕は袋の中に詰めた食材を見つめ、そして空を見上げる。

冬の空は、やはり透き通るような青だった。


風はますます強くなる。先ほどまで晴れ渡っていた空に雲が入り込み、時に立っていられないほどの風が吹き付けてくる。

冷えたビルの階段に足を踏み入れた途端、聞こえてきたのは律子の困ったような声である。

「こんなの、困るわ」

「先生……そうおっしゃらず」

続いて聞こえてきたのは、聞き覚えのある男の声だ。

「そんなことを言って、結局受け取ってくださるのは分かってるんですよ」

「もう受け取るなって、燕くんから言われてるのよ。だって余ったら勿体ないじゃない？あなたも、私以外にも贈る相手はいるでしょう」

応対する律子の声はいつもより少し苛立っている。

「私は先生以外、贈る相手なんていませんよ」

「おせちだって、まだ残ってて、まだ食べてるんだから」

「律子さん！」

階段を二段飛ばしに上がる。薄暗い階段を上がりきると玄関の前、律子と男の姿があった。

……柏木だ。彼はいつもと同じ隙のないスーツに包まれて、手にはなにやら立派な紙袋。

そして彼は律子の腕を取り、押し問答を繰り返しているのである。

「困るわ」

律子が眉を寄せた時、燕は柏木と彼女の間に立ち塞がった。

「律子さん。今戻りました」

「あ、燕くん、お帰りなさい」

燕はすばやく律子の手をつかむ。そして男の腕を逆の手でつかみ、引き離す。一瞬のことだ。突然の乱入者に驚いたように、男の手はたやすく離れた。

驚く律子を玄関の内側に押し戻し、燕は男の前に立つ。

……真正面に立つと男は燕より、少しだけ背が高い。燕も低いわけではないので、男の背は相当高いということである。

しかし、気圧されることなく燕は彼を睨む。

「何かご用ですか」

「ああ。君ですか。ずいぶん早いお帰りで」

男の口に、嫌みな色がにじむ。まるで燕が出て行くのを見計らい、訪問したかのような口ぶりだ。

いや、この男ならばあり得る。と、思った途端に燕の中で血が上った。

「若いので、何でも行動が早いんですよ。ご訪問内容は、僕がお伺いしますが」

燕の声に柏木の顔が少し揺れた。

この男の真向かいに立つのは数ヶ月ぶりだ。最後に出会った日、燕は彼にこの家を出ると宣言した。結果的に嘘を吐いた形になるが、燕は気にせず背を伸ばす。

「律子さんも困ってますし、お帰りください」

「君、まだここに住み着いてるんですか」

「あんな言葉、信じてたんですか？ 案外、騙されやすいんですね」

柏木の目が、少し細くなった。不快であるのか、嘲笑であるのか燕には分からない。

「君は……」

「待って、待って」

睨み合う二人の間に、小さな影が割り入る。それは、律子だ。

彼女は燕と柏木を交互に見上げると、二人の手の甲を順番に軽く叩く。

「燕くん、何があったか知らないけれど喧嘩腰はだめよ、睨むのもだめ。それにあなたも。住み着いてる、なんて失礼なことを言っちゃだめ。燕くんはここに住んでいるんだから」

律子は珍しく、声を荒らげた。じっと、柏木を睨み、燕の前に出る。燕と柏木の目線が、戸惑うように交差した。

「それに前にも言ったけど、燕くんのことは私がちゃんと見てるの。放っておいて」

律子に睨まれると、柏木はまるで叱られた子どものような表情になった。

「燕くんが居なかったら、年末の風邪も治らなかったかもしれないのよ」

柏木の目が珍しく見開かれ、燕と律子を交互に見つめる。

「風邪を？」

「ええ。燕くんがここに来てから、すっかり健康なの。食材だって余さず使えるし、燕くんは凄いんだから」

胸を張る律子を見て、柏木はどこか切ない顔をした。しかしその表情は一瞬でかき消え、やがて彼はおおらかな笑みを浮かべて見せる。

「……じゃあなおのこと栄養をつけなければ。それに食べ盛りの君がいるなら丁度いい」

男がそういって差し出したのは、手にずしりと重い紙袋。覗き込むと精肉店の名前が刻まれている。木箱に収まったもので、値段は考えたくもない。

「もう。食べきれないから困るって言ってるのに、こうやって、いつも置いていくのよ」

「おせちも、気に入って頂けたようでよかった。今年は大勢の知り合いに声をかけましてね。先生の家に新しい教え子が入ったと。だから皆、喜んで贈ってきたでしょう」

この男のせいか。と燕の腹が熱くなる。彼のせいで集まった数々の正月料理は、毎日消費してもまだ残っている。

燕の表情を見て満足したのか、柏木は紙袋を足下に置いて背を向ける……が、一度だけ肩越しに振り返った。

「昔から冬に体調を崩されていたのに今年はお元気そうだ。きっと……その子がいるからですね。そこは感謝しておきます」

その低い声は、やがて彼の降りる階段の音に紛れて消えてしまった。


「食べ物を持って来たの、またこんなに。今日は燕くんが炒飯を作ってくれるから、いらないって言ったのに」

律子はぷりぷりと怒りながら、机を両手でたたく。そこには瓶詰めの保存食、パスタ、米、餅などが山積みとなっていた。

「これだけかと思ったのに、まだあるってどんどん出てきて、最後はお肉でしょ」

キッチンには、肉の固まりがいくつか。チャーシュー、ステーキ用の霜降り肉、ソーセージ。いずれも立派だが、とにかく量が多すぎる。

「そりゃあ、ありがたいけど……余すともったいないからっていつも言ってるのに」

「……そうですか」

燕といえば、リビングのソファーにぐったりと崩れたまま額を押さえ、自己嫌悪を繰り返していた。

感情のまま、いい大人と真正面から睨み合ってしまった。普段、あまり感情を表に出さないだけに、どっと疲れが出た。同時に、情けなさもある。何より律子に守られてしまった、という居心地の悪さもある。

　しかし律子は気にも留めない。燕を見て無邪気に笑った。

「驚いちゃった。追い返すなんて。でもよかった、まだまだ隠し持っていそうだもの」

「僕は売られた喧嘩を買っただけです」

「燕くん、うんと小さな男の子みたい」

「いけませんか」

　あの男がかかわると燕の感情が妙にとがってしまう。その理由は分からない。ただ、感情のままに動く。まるで自分が子どもになったような、そんな気分になる。

「……まだ子どもですから」

　ふと、窓を見ればそろそろ陽が陰りつつある。

　重い気分はまだ晴れないが、燕はようやく立ち上がった。


　炒飯の基本は、すべての用意を調えてから挑むことだ。と、どこかで聞いたことがある。

　テーブルにはタマネギ、生姜、ニンニク、ネギを切り刻み、米と卵も用意した。ふと目線を下げると柏木が持ってきたチャーシューの固まりが目に入る。

　ついでにそれも切り刻み、そして油をたっぷり注いだフライパンを熱する。

　寒い部屋に、暖かさが一気に広がった。

　鉄のフライパンに熱が回り、白い煙があがったら生姜とニンニクを滑りこませる。

香りが広がったところに、タマネギ、米、チャーシュー、そして卵。

一気に入れると、黒いフライパンの中が黄色に染まった。

それを揺らし、切るように炒める。と、その黄色は徐々に米に、肉に染み渡る。同時に香りが、まろやかになる。

（……疲れた）

フライパンを揺らしながら燕はため息をついた。

ここ数週間、燕の感情が揺さぶられることが続いている。感情の揺さぶりは、疲労となって燕自身に返ってくるのである。

しかしその疲労感は心地よくもあり、このような感情を抱いたことのない燕にとっては困惑の日々だ。

今日、田中に叩かれた背の衝撃を、燕は思い出す。

それは本当に久しぶりに自分の過去を思い出す痛みだった。ここ一年近くの記憶が曖昧だ。

泥の中で目を閉じて生きてきたような一年だった。

目が開き、泥の中から顔を出したのはここ数ヶ月のこと。

泥の中の世界は心地よかった。外の世界は冷たく痛いばかりだ。

それでも燕は、外の世界に顔を出しつつある。

それは、燕を引っ張る手があるからである。

「……おっと」

ぼんやりとしていたせいで、火は強火のまま。焦げたか。と、急いで火を止め、フライパンの中を覗く。

……と。

「……成功、か？」

驚くことにそこにあったのは、はらはらと、均等に焦げ目のついた茶色の米。

鍋肌に沿わせるように醤油を振りかけると、じゅ。と心地よく焦げた香りが鼻に届く。そして塩と胡椒。緑色のネギをはらりと散らすと色が引き締まる。

それを皿にそっと盛り上げ、夕日にさらすと、美味しそうな湯気がゆるゆると上がった。

不思議なことにこれまでで一番、できのいい炒飯が完成したのである。

「すごい。美味しい。お店みたいにぱらぱら！」

完成を待ちかねたようにスプーンを差し込んだ律子が、歓声を上げた。

「……本当だ」

喜ぶ律子につられて口に運べば、米が口の中でほろりとほどけた。焦げた醤油の甘みに、卵をまとった米のまろやかさ。

男の持ってきたチャーシューも、肉の脂に甘みがあり、噛みしめると口の中でとろける。

（強火がよかったのか）

食べながら燕はぼんやりと考えた。

感情のおもむくままに、強火でいためつけた。火の強さが美味しさに繋がった。つまりこれまで、燕のつくる炒飯には勢いが足りなかったということか。

（……なるほど）

美味しい美味しいと楽しそうに食べ続ける律子を見て、燕は苦笑した。

「次また、あの男がきた時、教えてください」

「何で？」

「その日はたぶん、炒飯が旨く作れる気がするので」

不思議そうに首を傾げる律子にかまわず、燕はさらさらと残りの炒飯を口に運ぶ。

冬色の夕暮れ空はまもなく闇に包まれて、またいつものように夜がこのビルを包もうとしている。

夜を忘れて激辛チリコンカン

甘いものはそれほど好きではない。

喉に絡むような濃厚なチョコレートも、口の中にまとわりつくカスタードクリームも、口の水分を奪っていくパウンドケーキも、ケーキに混ざるねっとりしたドライフルーツも。

どれも、燕はあまり好まない。

だからその日、目覚めと同時に彼は少し頭痛を覚えた。


「……ひどいな」

潜り込んだ布団から、顔を出して燕は眉を寄せる。窓にはシャッターが降りていて外の風景は見えないが、部屋を漂う冷たい青い空気は、朝方を思わせる空気。そして、不思議なくらい静寂だ。その中に音もない。ただ、甘い匂いだけが部屋いっぱいに広がっている。

「ひどい匂いだ」

また燕は呟いて、頭を押さえて起きあがる。匂いの元凶をたどるうちに、燕は軽いめまいを覚えた。

匂いは部屋の外。部屋を出て階段をのぼった先のキッチンから漂っている。

まるでキッチンに向かって甘い道が続いているようだ。階段をのぼるにつれて匂いはどんどん強くなり、扉を開けると香りの奔流が燕を襲った。

「……甘い」

口を押さえ、思わず一歩退く。息をこらえ、キッチンの奥に見える影に声をかけた。

「律子さん」

「あ。燕くん、起こしちゃった？　音は立ててないつもりだったんだけど」

「音より、匂いが」

「あら、匂いが立ってる？」

まるで踊るように、律子はキッチンから顔をだす。

彼女は相変わらず朝から元気がいい。早く起きたというより、寝ていないのだろう。

エプロンなどを身につけて、普段は触りもしない鍋に向かいあっている。

匂いのもとは、彼女が手にする小さな片手鍋である。

そういえば筆と箸以外のものを持つ彼女を久しぶりに見た、と燕は思う。

「そんなに甘い？　ずっとここにいたから気づかなかったわ」

「信じられません、あなたのその鼻が」

「あら、そうかしら？」

律子は鍋を燕の顔に向けた。どろりと重い黒の液体がマグマのように沸き立っている。

濃縮された甘い香りは、熱い湯気となって燕の顔に張り付く。燕は無言で、顔をそむけた。

「やめてください。甘さもここまでくると暴力です」

「チョコレートのね、お菓子をね。作ろうと思って」

「……律子さん、何かを作る時にはまず、そこにある本から料理の方法を調べるか、それか僕に聞いてください」

あら。と、律子は口を押さえる。机に放り出してある料理本は、めくられた形跡もない。

律子の目線がコンロから離れた隙を狙って、燕は鍋に蓋をする。が、空気に染み込んだ匂いはその程度では消えるはずもなかった。

「ちなみに聞きますが、どんな風に作りました」

「チョコレートを刻んで、鍋に入れたの。なかなか溶けないから、少しだけお水と……チョコレートのお菓子くらい、作り方は知ってるわ。溶けたら型に入れて固めるんでしょう？」

料理本の代わりに、机の上に散乱しているのは高級チョコレートの包み紙。二月に入ると日本全国、各地の弟子から届けられたものだった。

燕でさえ名前を知っている高級チョコレートのタブレット。イタリア、スイス、いかにも上品な包み紙の中身は無惨にも、鍋の中でいたずらに煮られている。

燕は鍋の中を無言で見つめた。少し蓋を開けて覗き込むと、やはり絶望的な香りがする。

「最後に洋酒を入れるかどうかはまだ迷っているところなの」

律子は平然と言うが、それ以前の問題だった。

ヘラで恐る恐るかき混ぜると、重く嫌な感触が伝わってくる。

「……底が焦げてます。普通、湯煎で溶かすものではないんですか」

「そうなの？」

「作ったことはありませんが、一応は常識として」

湯煎にかければ、チョコレートはゆっくりと溶けて艶のある黒になるはずだ。匂いだって、もう少し美味しそうに香るはずだ。

今、律子が作り上げたのは艶もない、ただの黒い固まり。

そっと指の先につけて舐めてみると強烈に甘い香りが鼻を突き抜け、続いて苦みが喉の奥に絡む。

慌てて蓋をしなおして、燕はそれを遠ざけた。

「甘い、苦い」

「あまり甘くないチョコレートだったから、お砂糖を足してみたのだけど」

律子もそれを舐めて、眉を寄せた。香りは甘いというのに、舐めてみれば舌がしびれるほど強烈に苦い。

「苦いわ、燕くん……見た目は綺麗にできたと思ったのに」

ため息のような声をあげて律子は諦めきれないように鍋をじっと見つめる。

「これ、失敗かしら」

「そうですね。少なくとも、人が食べるものではないかと思います」

鍋の中で揺れるチョコレートは、ただただ黒い。この黒さを燕はどこかで見たことがある。

……これはプラネタリウムで見上げるドームの黒さだ。

夜の黒さとは異なる、人工的な空の色だ。

「……ところで、なぜチョコレートなんです」

「燕くん若いのに、いろいろ鈍感ね」

律子ははじけるように笑った。彼女は時折、そんな顔を見せることがある。少女のような明るい笑い声は部屋の寒さを払った。

「もうすぐバレンタインでしょ」

「あ……」

「手作りチョコレートの練習なの」

律子の言葉に燕は思わず口ごもる。

二月に入ってからというもの、律子の家に毎日のように届くチョコレートの山。その宅配物を眺めて、燕は不思議に思っていたのだ。

律子が甘いものを好むのだろうか。などと考えて、そこで思考を停止していた。

壁にかけられたカレンダーを見れば、なるほどバレンタインまであと一週間である。

「すみません、甘いものが好きではないもので」

「燕くんくらいだと、毎年いっぱい貰うでしょう?」

律子は笑いながら、散らかしていたチョコレートの包み紙を幸せそうに見つめる。

海外産の包み紙には、美しい絵が描かれていた。

「まあ……それなりに」

「たくさん貰う人ほど忘れやすいって本当ね」

二月の刺さるような寒さの中、思い返してみればそんなイベントもあった。

しかし、燕はバレンタインに興味がない。

昨年までの燕にとって、生きることは描くことだった。

燕の生活パターンを乱し、かつ苦手なチョコレートをわざわざ持ってくる女たちの顔など覚えてもいなかった。

「貰っても捨ててましたね。あとは、適当に人に配ったり……」

「ひどいわねえ。きっと中には手作りだってあったはずよ」

律子は燕の冷めた声に気づくこともなく、朗らかに笑った。

鍋の中で煮詰まったチョコレートの残骸を見て、燕は嘆息する。これればかりはどれほど手を加えても食べられるものになりそうもない。

それでも笑顔で渡されたなら、食べるしかないのだろう。と、あきらめの心境ともなる。

数度かき混ぜ、食べられる箇所がないか懸命に探り出す。しかしこの鍋の中、安全地帯はどこにもない。

「……今年は努力してもいいですが、もう少し……せめて食べられるものにしてください」

「がんばるわ。成功したら、燕くんにもわけてあげるから、楽しみにしていて」

「……僕に……も、ですか」

律子の言葉はいつも、どこかに隙がある。何気なく放たれたその言葉に燕の動きが止まる。

そんな燕を気にすることもなく、律子は棚の中にあるタブレットチョコレートを選ぶことに余念がない。

「私、毎年バレンタインには夫のお墓参りにいくことにしてるの。そのせいかしら。この時期はチョコレートの贈り物も増えるのよ。墓前にどうぞってね。だけど、燕くんを見てるとお料理っていいなあ、なんて思って……頂き物のチョコを使って、作ってみようかなって」

金の紙に包まれたチョコレート、上品な白い紙にくるまれたチョコレート、どれもずっしりと重そうだ。

高級そうなチョコレートをつかみ、燕はぼんやりとその重さを確かめる。

「あの……この間きた……あの人……からも届くんですか？」

「いいえ、あの子だけはチョコレートを贈ってこないのよ……ああ、こっちの包み紙のほうが綺麗かしら？　私はこの金色も綺麗だと思うけど……」

なるほど。と、呟く燕の喉の奥に苦みが走る。それは先ほど舐めたチョコレートよりもまだ苦い。

「……どちらが鈍感なのやら」

「なに？」

「いえ……それにしても、黒いですね。こんな色、律子さんはお好みでしたか」

「あら。黒が全部塗りつぶす色だって、燕くんはそう思ってるの？」

鍋を覗き、吐き捨てるように言う燕に律子は首を傾げてみせる。

「黒はいい色よ。チョコレートの黒、深海の黒、髪の色の黒。それに夜の黒も一つじゃないのよ」

律子は結露した窓に、指をのせる。彼女の指が動くと、窓に三日月の模様が浮かぶ。続いて半月。続いて満月。

「月の大きさや形によって、その周囲の夜の黒は色を変えるの。淡い黒、漆黒、照りのある黒。もちろん、夜の黒だけじゃなくって、どんな黒でも光の当たり方で色は変わるわ。燕くんの黒い髪だって、光によって色が変わるでしょう？」

絵はすぐさま、滴となって窓を伝い落ちた。彼女の指が筆先のように結露で冷たく濡れる。

燕がタオルを手に取ると、律子は当然のような顔をして指を差し出した。

見た目よりもしっかりとした律子の指は、いつ触れても絵の具の温かさを感じる。まるで彼女の身体に流れているものは血ではなく絵の具のようだ。どろりと重く、温かく、そして色鮮やかな。

「その中でも、チョコレートの黒は艶があって色気があって、私は好き……でも」

彼女の目線の先にあるのは、鍋に沈んだチョコレート。

「……やっぱり無理かしら、手作りは。後一週間で、できるようになる？」

律子は途端に自信を失ったのか、沈んだ声をあげた。

燕は律子が手に持っていた重いチョコレートの塊を取り上げる。この重さは教え子から寄せられる想いの重圧だ。燕はそれを遠慮なく、棚の中に放り投げる。

「そんなことより、律子さん、寝てないでしょう」

奔放なこの女性は、相変わらず寝食を忘れやすい。燕の言葉に睡眠を誘発されたのか、律子は大きなあくびをかみ殺した。

「そういえば眠い」

「ここ、片づけてますから寝てください」

「悪いわそんな、燕くんだってあまり寝てないのに」

「どうせ甘すぎて眠れやしない」

相変わらず空気は甘く濁ったままだ。窓を全開にして、外に逃がしてやらない限り、空気を濁す甘い香りはとれない。

（……嫌な甘さだ）

律子を無理矢理追い出して、燕はすべての窓を開く。一気に冷たい風が滑り込み、燕の顔を、耳を、指を冷やしていく。

チョコレートの残骸を片づけている間に、不穏な熱も一気にさめていった。

「……さて」

向かった先はいつものキッチン。

燕が机に並べたのはピーマン、タマネギ、挽き肉、トマトに大豆の水煮にニンニク。そして使い切れずに余していたスパイスの瓶も数本並べた。

　一つ、それを開けて嗅いでみれば、チョコレートの残り香を吹き飛ばすような強烈な辛さが広がる。

　燕はその蓋を開けたまま窓の外を見る。まだ、朝日も昇っていない。律子はこのまま数時間眠るだろう。

「……これは……昼飯だな」

　窓から見える明け方の空は、確かに深夜のものとは違って、どこか緑がかった不思議な黒で塗りつぶされていた。


　律子がふらふらとキッチンに顔を見せたのは、昼を少し回った頃。

「おはよう、燕くん」

　まだ眠いのか寝ぼけているのか、目をこすりながらストールを引きずるように歩く。

　すっかり甘い匂いの消えたキッチンで、燕は機嫌よく彼女を出迎えた。

「ああ。律子さん、昼ご飯どうしますか？」

「あら。お昼ご飯？　お腹が空いていたの」

　ご飯、という響きに彼女は反射的に微笑んだ。燕も珍しく笑みを返し、彼女の目の前に鍋を差し出した。

「……真っ赤！」

覗き込み、くん。と匂いを嗅ぎ、そして彼女は軽く咳き込む。

「からいっ」

大きな鍋の中で煮こまれていたのは、赤の濁流。大豆にトマト、ピーマン、タマネギ、挽き肉、ニンニク。それらをじっくり煮込み、最後に遠慮なくたっぷりのチリスパイスを加えた。

ついでに、青唐辛子を数本。それに一緒に煮込んだスパイスは、クローブ、クミンにコリアンダー。

出来上がったものは、どろどろの赤いマグマに沈んだ豆と野菜の激辛チリコンカンである。どろりと重い赤いスープに野菜が沈む。ぐつぐつと湧き上がる赤黒い泡は強烈だ。香りは辛く、甘い。

「不快なほどに、辺り一面が甘かったので辛くしようかと」

咳き込む律子を無視して、燕はしれっと言い放つ。

「パンにつけて、どうぞ」

合わせるのは縁までパリっと焼いた薄めの食パン。手にするだけで、さくさくの小麦の味まで伝わるほどによく焼いた。

それをスプーン代わりにして、一口だけチリコンカンをのせる。恐る恐る口に運ぶと、サクリとした歯ごたえ、そして同時に柔らかくも熱いチリコンカンが口の中に流れ込む。

豆のほっくりとした柔らかさ、とろけるタマネギ、つんと尖ったピーマンの硬さ、そして時折現れる、トマトの意外な柔らかさ。

赤い見た目どおり、ぴりっとした刺激が喉の奥に広がり、一口食べると冷えた体がほてった。

まるで戦いを挑むように口に運んだ律子だが、しばらく辛さに耐えた後、

「……でも美味しい」

と呟いた。

チリコンカンが触れた先から、パンが柔らかくとろけていく。パンも指先も、赤い脂をまとって明るく輝く。

「僕はやっぱり、黒より赤いほうが好きですね」

二人あいだに置かれた鍋には、いまだ熱を持つチリコンカンが音を立てて茹だっている。

その赤い液体をとろりとすくいあげると、キッチンに赤い湯気が広がった。

ガトーショコラに魔女の過去

甘い香りに包まれるはずのその朝は、窓を叩く冷たい雨で始まった。

雨音に起こされた燕は、うっすらと目を開く。目の前にはいつもの天井、いつもの窓、いつものベッド。

しかしそれは、たった数ヶ月前から始まった「いつも」だ。この風景を眺めるようになって、まだ半年……もう半年というべきか。

ただ今日の朝はいつもとは違う。重い頭をかき乱し、燕はベッドから起き上がった。

雨の音以外、何も聞こえない。ただ静寂だ。

燕を呼ぶ明るい声も、筆を滑らす音も何も聞こえない。

ただ代わりにそこにあったのは、新しい色である。

（……絵が、増えてる）

燕はベッドから降りて、壁に顔を寄せる。

燕の部屋に描かれた巨大な柏の木は、秋には完成していた。そこに、律子が先日から何かを描き足していた。

……それが完成したのだ。木の太い枝に、巣のような茶色の固まりが描かれている。

数日前まで、落書きのように書き殴られていたそれは、細い枝が複雑に絡み合う烏の巣に姿を変えていた。おそらく燕が眠る間に律子が仕上げたのだろう。

焦げた茶色に緑がかった茶色。複数の茶の色が何重にも折り重なって、まるでそこに実物があるようだ。

しかし触れてみても、それはざらりとした壁の感触でしかない。

（……ここに俺を描くと、言ったはずなのに）

この壁に燕を描くのだと、律子が言ったのは夏の終わり。

確かに燕の絵は着実に増えている。しかしそれは彼女が持つスケッチブックの中のみだ。

素描のように描かれた燕はすでに百枚を超えた。しかし、燕はいつまでも色を持たない。

料理をする燕、眠る燕、本を読む燕、立つ燕に座る燕。白黒で描かれた燕は今にも動き出しそうなほど見事だが、モノクロのままスケッチブックの中に閉じ込められている。

床に散乱した絵の具や筆を片づけて、燕はキッチンへ向かう。

そこは静かで冷たい。そして、人の気配はない。

「律子さん」

つい癖で呼びかけて、燕は口を押さえた。

癖とは恐ろしいものだ。声をかければキッチンの隅から、もしくは自室から律子がひょっこりと顔を出しそうな気がする。

床の片隅で眠りこけている気がして隅々まで探すが、もちろんそこに人影はない。

代わりに、床や机の上には本と絵筆と画用紙だけが散らばっている。まるで嵐でも通り過ぎたような状態だ。

「……またこんなに、散らかして」

本を手に取り、画用紙をまとめ、筆をまとめる。

「……おっと」

燕の手から滑り落ちた本は、皮肉にも例の美術雑誌だった。

派手な音をたてて床に落ちた本は、はらはらとページが送られ、ちょうど講評の箇所でぴたりと止まった。

「……」

見るつもりなどなかった。少し前の燕なら、急いで閉じてしまったことだろう。しかし今の燕は躊躇なく、そのページを覗き込む。

燕は冷え切った椅子に腰を下ろし、冷たいページをめくる。文字は以前より鮮明に、目に飛び込んでくる。

書かれているのは、若い現代美術家の作品評。賞を取り逃した新進気鋭の若手画家に対して、数名の大人たちが好き勝手な評を書き連ねている。

文字はただのインクの染みのようなもの。しかし、たった数百文字の染みは、この画家の心をいくらかえぐっただろう。燕もかつて、同じ経験をした。

（そういえば、あのコメントは……最後まで読む前に捨ててしまったな）

しかし薄情な話で、他人のコメントであれば、幾分か気も楽に読むことができた。何気なく、燕は冷たいコメントを読み続ける。

（……ん）

そうして燕の手は、あるページで止まった。

それは誰よりも長い文章。コメントの最後に「しかし」と、文章は続く。

（……しかし、人となりを感じさせる塗りの柔らかさは、誰にも真似のできない……）

その文章には温かな色がみえる。他のコメントがすべて黒であるとするのなら、そのページにだけ柔らかい色インクが見えるようだ。

「……その人だけの色である。か、優しい文章じゃないですか」

竹林律子。コメントの横にはその名が刻まれている。

燕は深呼吸をしてページを閉じると、雑誌を料理本の間に戻した。

そしてすべて忘れた顔をして、机の上に散乱したチョコレートの包み紙を片づける。律子がさんざん散らかしたものだった。

中途半端に食べて減ったものもあれば、開けただけで満足したらしいものもある。

机の上、チョコレートの欠片にまみれている本は、偶然か必然か、ちょうどチョコレートケーキのページだった。

どっしりとした風貌の、ガトーショコラ。しっかり焼けた黒の体には艶もない。上に振りかけられた白い砂糖と、ケーキを包む黒が蠱惑的にも見えた。

「……」

燕の目は無意識に、壁にかけられたカレンダーを見る。

今日は土曜、二月十四日。

焦げたチョコレートの香りに包まれたあの日から、ちょうど一週間。

「これくらいなら俺でも作れそうですね、律子さん」

本を見つめ、燕はつぶやく。その本に、淡い光が差し込む。

雨も昼前には止むに違いない。


ケーキ作りの経験はないが、いざ作り始めると料理よりもすんなり進んだ。

料理よりもケーキのほうが分かりやすい。材料を書かれているとおりに揃え、混ぜる。

チョコレートを刻む時に舞い上がる香りには辟易としたが、混ぜるうちにそれも慣れた。

大きなボウルに刻んだチョコレートにバター、そして生クリームを入れて底を湯に当て混ぜる。ごろごろとした重い感触から滑らかな感触になるのは、意外にすぐのことだった。

混ぜれば混ぜるほどに、艶が出る。黒にも色があるのだ、と律子は言った。その通り、チョコレートの黒とバターの白が混じり合うと不思議な色になる。

抵抗は一瞬のこと。絵の具であれば黒と白を混ぜると濁った色になるだろう、しかし今、燕の目の前にあるのは光を内包したように、輝く黒である。

よく混ぜた卵黄をチョコレート生地に加え、また混ぜる。薄力粉にメレンゲ、必要なものを少しずつ入れてはまた混ぜる。

色がついたのはそれぞれ一瞬で、またすぐに深みのある黒となる。

指についたそれを舐めると、喉の奥に甘みが絡んだ。バターの塩気とチョコレートの甘み、濃厚な濁流となって喉を焼く。

(焼くのがもったいないな)

燕はふと、そんなことを思った。この色を律子に見せれば、なんと言うだろうか。そんな淡い妄想に首を振る。

そんな妄執を払うように燕はそれを型に流し込み、さっさとオーブンに収めてしまう。

赤い熱がチョコレートを包むと、途端に部屋中に甘い香りが漂った。それは以前、律子が放った凶悪な香りではない。

どこか懐かしい、優しい甘さだ。

チョコレートの香りだけではない。その奥で、バターが香っているのだ。バターが熱を持つとこんなにも優しい香りがする。

(……何か、足りない)

しかし、燕の心は満たされない。何か足りない、とどこかで叫ぶ声がする。

それは色彩だ。窓の外は灰色、ケーキは黒。他に色がどこにもない。

律子がそこにいれば、彼女が何かしら色を生み出す。放っておいても、彼女のそばには色があった。

「……色、か」

机の隅に放り出したままとなっている絵の具と筆に、ふと目がとまる。恐る恐るそれを手に取り、筆先を水と赤色をにじませた。

さんざん迷ったあげく、燕は床に落ちていた紙にそっと筆を置く。

……それだけだ。

色は紙ににじんだ。それは赤い染み。いつか燕が画用紙に付けた赤い染みよりも赤い。

震える筆を無理矢理動かし、そこに生まれたのは震える線。

「……」

白い紙の上、赤い線が何本も生まれる。燕の気持ちを映しているのか、線はどこまでも不安定だった。

筆を持つことを拒んでいた燕だというのに、あっさりと筆を取った現実に気づかずにいる。

(……帰ってこないかもしれない)

一本目は震える線だった。二本目もまだ駄目だ。しかし三本、四本、五本、数が増えるごとにその線はどんどん力強くなっていく。

燕が考えていたのは、絵のことでも色のことでもない。

……律子のことである。

(そのまま、帰ってこないのかもしれない)

律子は今朝、燕に何も言わず、家を出て行った。

バレンタインデーにはチョコレートを持って墓参りに行く、それは一週間前から聞かされていた。

おそらく彼女は、早朝から家を出たのだろう。

がらんとしたこの家は、燕一人には広すぎる。去年のクリスマス、燕もこの家を飛び出した。その時、律子も同じ気分を味わったのだろうか。

(何を考えている、俺は)

増えて行く赤い線を握りつぶし、ゴミ箱の奥にねじ込む。指に赤の色がにじんだ。

(俺はただの、ただの居候だ)

食事を作り、時折モデルとなる。ただそれだけの居候である。

しかし数ヶ月前、律子の口から飛び出した彼女の夫という存在が、燕の中に澱のように沈み続けている。

最初は気づかなかった。むしろ律子にそんな存在があったことが意外ですらあった。

亡くなった経緯を律子に聞いて以降、その澱はもっと重くなった。

もう存在もない、見たこともないその男は、確かにこの家に気配を残している。

「……ん?」

柔らかい音色がキッチンに響く。オーブンが電子音を鳴らしたのだ。

扉を開ければ、甘い湯気が燕の顔を包み込む。

焼き上がったそれは、取り出せばずっしりと重い。できあがったものは焼く前とは違い、殺風景な黒茶の塊である。

しかしそれがガトーショコラの特性なのか、燕の思いが伝播したのか、まるで迷い線のようにケーキの表面が不安定にひび割れていた。


緩やかにチャイムが鳴ったのは、昼少し前のことである。

「律子さん？」

湿った部屋に響くチャイムは重い。急ぎ足で扉を開けた燕は、自分でも分かるほど苦い顔をした。

「……珍しいですね。今日は律子さんがいないことを分かっていると思いましたが」

「ええ。今日、先生はいない、分かってますよ」

外に立っていたのは柏木だった。

いつものように顔には穏やかな笑みを浮かべているくせに、目の奥は笑っていない。

彼は部屋の奥に鋭い視線を走らせたが、すぐさま鷹揚に燕を手招いた。

「どうせ暇でしょう。少し外に出ませんか。雨も止んで、暖かくなりました」

彼が燕を誘い出したのは、近所の公園である。

雨はすっかりあがり、白い雲の隙間には青い空が見える。地面はしっとりと濡れているが、屋根に守られたベンチは奇跡的に乾いていた。

「部屋から甘い匂いがしましたが、あんなものまで作るとはすごい子ですね」

「作りたくて作ったわけでは」

「君に任せておけば先生の栄養管理は、問題なさそうだ」

ははは。と軽い調子で柏木は笑う。いつもより、妙に快活だ。贈り物を持っていないところをみると、律子がいないことは織り込み済みなのだろう。普段は呆れるほど食材を送りつけてくるくせに、チョコレートだけは贈ってこなかった。そこに彼の妙な意地がある。

……律子は果たして何年前からバレンタインの墓参りを実施しているのだろう。と、燕は苦く思った。

「そんな話をするために僕を？」

ベンチに座るよう促され、燕は彼から少し距離を置いて腰を下ろす。そんな燕を見て、男は子どもを見るような目を向ける。

「今日は先生ではなく、君に会いに来ました。昨年から何度か会ってはいますが、ちゃんと話をしていないと思いましてね……いや」

柏木は皺一つないズボンで足を組み、考え込むように額を押さえる。

「話をちゃんとしてみたかったんです、喧嘩じゃなく、話を、君と」

再び上げられた顔は、まっすぐ天を向いていた。燕は彼の意図を計りかねてただ、じっと座ることしかできない。公園を歩く人たちは、こちらに目をくれることもなく、子どもたちの笑い声だけが響いていた。

「見てください、もう梅の花が咲いている」

ベンチの隣には梅の木がある。花の可憐さに反して、梅の枝は凶悪だ。

薄い緑色をした太い枝が、太陽光を求めるように貪欲に天に向かって手を伸ばしている。

まるで巨大な棘のように伸びる枝には、紅梅の赤い影がにじんでいた。

その花に顔を近づけ、柏木はうっとりとその香を楽しんでいる。

「今日は、私にとって二度、辛い思いをする日です」

「二度？」

「一つは、先生がいつまでもこの日に墓参りにいくこと、そしてもう一つは」

柏木は挑むように燕を見た。

「父はやはり死んだのだと実感すること」

柏木の腕が枝に触れ、花が数枚散る。

「先生が亡くした夫は、柏木螢一は……私の父ですよ」

赤い花びらが彼の黒いスーツの上に舞い落ちた。

「私の母、つまり柏木の……父の最初の妻のことですが、私が高校の時に亡くなりました。その後、父が出会ったのが先生です。私はまだ大学に入ったばかり。先生は二十五……いや、四だったかな……ちょうど美大を出たところで、まあ古い話です」

柏木は話すきっかけを掴んだように、喋り始めた。

まっすぐに燕を見つめたまま、彼の言葉はとどまることがない。

燕もまた、呆然と彼の口の動きを見つめていた。

「先生は最初、父の弟子として、アトリエに入りました」

柏木は語る。

まだ若い律子の絵の才能は、花で言えばまだ蕾のようなところ。しかし、柏木の絵に触れ教えに触れ、一気に才能が開花した。

それは、律子の住むあの古いビルである。あそこが、すべての始まりだった。

最初の妻を早々に亡くした柏木は、若い才能を目覚めさせるという楽しみを見い出した。

落ち込んでいた彼は周囲から驚かれるほど精神を回復させた。

「……ただし、二人の結婚は遅かった」

二人の仲は公認のものであった。と柏木はつぶやき、燕をちらりとみる。

その視線が腹立たしく、燕は目をそらす。

「先生が四十歳の頃、父はもう六十をとうに超していました。父は自作に没頭してましたので、アトリエでの講師役はすでに先生に移っていました……そして忘れもしないまだ早春の頃に、ささやかな結婚式を」

柏木の顔に浮かぶのは、憧憬と悔恨の色である。しかし彼は器用にそれを隠した。

「そして同じ年の夏、父は事故にあって手に怪我を負い、同じ秋に自分勝手に死んだ。結婚生活は春から秋まで、たった半年だけです」

燕は律子の言葉を思い出す。夫と二人だけで過ごせたのは春から秋までと言っていた。蜜月はあまりに短い。

「それもこれも、もう二十年も前の話です」

二十年前。その言葉をきいて、燕のどこかで何かが音を立てる。

目の奥にオレンジ色の夕陽が浮かんだ。それは、律子がメディアに露出した唯一の映画。夕暮れの映画である。

あの映画に声を当てた時に柏木螢一が生きていたかどうかは分からない。もし、亡くなった直後であったなら、律子はどのような気持ちであの夕陽に染まる女主人を演じたのか。

燕は自身の動揺を隠すように、柏木に問いかけた。

「それでも、籍は入れていなかったと聞きました。なぜです」

「父が臆病だっただけです。年齢の差を気にして……出会った時から、先生に惚れていたくせに、長く待たせて。他の男が……例えば私が近づくことさえ許さず執着した男の醜さだ」

柏木は皮肉に笑ったがそれは自分に対する自嘲でもあったのだろう。やがてまじめな顔をして、燕を見た。

「君は先生のことが好きですか」

昔から燕はポーカーフェイスが得意だった。表情一つ見せずに振る舞うことで、自分を絵の世界に閉じ込めることができた。

しかし今、自分の顔はさぞ情けないことになっているに違いない。と、燕自身そう思う。

苦々しく唇をかみしめて、

「……分かりません」

と、それだけをつぶやいた。

好きか嫌いかでいえば、嫌いではないのだろう。しかし好きと言い切るには、燕にその感情が欠落している。

その気持ちは恋情か、慕情か。恋というには遠すぎて、慕情というには執着心が勝る。つまりは、子が母を求める感情に似ている。

そんな燕の顔を見て満足したのか、柏木が皮肉に口の端を持ち上げた。

「君もどこかでセーブしているくせに、執着している。私と同じように、男はいくつでもそんな醜さがある」

「律子さんは……あなたの父親のことを、好きだったんですか」

「さあ……これは私の勝手な希望であり想定ですが、先生が愛していたのは父の作る色であり絵であり、父はおそらくそれに気づいていた……まあ程度はどうであれ、先生は父のことも愛していたんでしょうね。父の死後、人物のスケッチができなくなるほどに」

「人の……絵？」

燕の動きが止まる。律子の描く人物スケッチなどこの半年でいくらでも見た。

調子がよければ一日でスケッチブックを一冊消費するほど、彼女は燕のスケッチをしつづけていた。睡眠を忘れて描くことさえあった。

「ああ。そういえばあの部屋は、まだあるのでしょうか」

しかし、柏木は気にせず続ける。

「三階にある、いくつかの……季節の絵が描かれた」

「……」

「あるんですね。あれは、先生が私の父への供養のために描いた……いや、違うな。先生が心の整理をつけるために描いた二人の絵です」

これまで燕はその部屋で春を見た。秋を見た。どちらにも、小さな男女の絵があった。律子の筆には珍しく、小さな人物絵であり、完全に風景に埋没していた。

「あの絵を最後に、先生は人の絵を描くことをやめたんです。どう描いても、父の顔を描いてしまう。そう言って」

柏木は過去を思い出すように目を閉じ、額を押さえた。

「あれをみて、あそこにこもったまま何日も出てこない先生を見て、私は先生への懸想を諦めましたよ。やはり、あの人は魔女だ」

柏木は自嘲めいた息を吐く。

彼だけではない。これをきっかけに、多くの弟子が去ったのだろうと、燕は想像する。去ったのは律子を見限ったのではない。救えなかった己を恥じて去ったのだ。その贖罪はいまだに律子への贈り物として残された。

ハロウィンのカボチャ、ボジョレーとクリスマスのワイン、食べきれないほどに届くおせちにバレンタインのチョコレート。

果物、野菜、肉、季節ごとに大きな段ボールが届いていたに違いない。

その箱に埋もれたまま、律子は二十年生きてきた。

足繁く通ってくるのは、死んだ夫の息子だけ。

傷をえぐられ続けた律子は、どのような気持ちで過ごしていたのか。

「それがきっかけで……律子さんは、黄色を使えなくなったんですか」

燕の言葉に、柏木の眉が動く。

「……それは」

何かを言いかけ、やがてその唇は固く結ばれた。

「いや、それは先生の口から聞くべきでしょう。ただ、もうあの人は黄色を使わない。律子の黄色は死にました」

きっぱりと、まるで断ち切るような声だった。

そして柏木は手を叩いて立ち上がる。

「……君にようやく話せて、よかった」

長く感じられたが、時間はさほど経っていない。柏木は腕時計にちらりと目を走らせる。

「早く帰ったほうがいい。そろそろ先生が帰ってくる時間です」

そしてすっかり会話に飽きたように、燕を冷たく見た。

「……最後に何か質問はありますか？」

「なぜ僕にこんな話を？」

「私は先生に君の過去を漏らした。フェアじゃないでしょう……いや、違うな」

言いかけて柏木は顎に手を当てる。

「……君は、これまでいた教え子の誰とも似ていない。人物画を描けなくなった先生が君の絵を描いたことにたぶん、私は嫉妬と……希望を」

その手がかすかに震えているのを、燕は見た。ミゾレの中でもけして震えなかったその手が動揺するように震えている。

「私はこれまで数えきれないほどの贈り物をしてきましたが、その中の一つだって先生の病気を治せなかった。病気だけでなく、様々なことを、二十年、治せなかった」

柏木は冷静に振る舞ったが、その声の奥に隠しきれない嫉妬が見えた。

「君は、確実に先生を変えた。たった、半年で。なぜ、私ではなく……君なんでしょうね」

黒い目は、燕を見る。その目は半年前の燕と同じ色に染まっている。絶望と、羨望だ。

やがて柏木は、薄く笑う。

「いくつになっても私は子どもだ。そして父も子どもだったと、今この年になりようやく分かりました。そして君も、あと二十年たてば、分かります」

梅の花についた雨の滴が曲面を滑り落ちて燕の指に落ちる。

それはかすかに甘い香りがする。

二人は早春に結婚をしたのだという。それは今くらいの季節だったのだろうか。

どのような夫婦だったのか、柏木に聞こうとして燕は口を閉ざす。

代わりに、梅の花を見上げた。雨の滴まで花の色に染まるほど、凛とした紅である。

ふいと顔をそらした燕を見て柏木が意地悪く吹き出す。

「気づいているのかいないのか……普段は感情を動かさない君が、この話になるとたんに乱れるのは、見ていて面白い」

「その言葉、そのままお返ししますよ」

憎々しく吐き捨てれば、今度こそ柏木は快活に笑った。

「ああ。すっかり体に梅の匂いがついてしまった」

梅の花はまだ蕾だ。しかし暖かな日差しを受ければ、まもなく満開の頃を迎えるだろう。

そうなれば、もう春がくる。

「もう春ですね」

去る冬を惜しむように、柏木が妙に落ち着いた声音でつぶやいた。


「……ただいま戻りました」

家に戻ってもまだ人の気配はない。チョコレートの甘い香りが漂うばかりだ。

それでも、つい癖のように「ただいま」の声が出る。

これは半年前にはなかった習慣だ。ほかの女の家はどこか燕を拒絶していて、「ただいま」の一言が言えなかった。女もまた、燕のそんな言葉を望んでいなかった。

しかし、律子の家はいつまでたっても燕を拒絶しない。

そしてようやく気がついたのだ。家が、女が燕を拒絶していたわけではない。

燕自身が拒絶していたのだ。

「……俺がいる」

部屋に入ると、散乱しているスケッチブックが目に入った。それを一冊、手に取る。

中には、まだ半袖姿の燕がいた。

出会った頃の絵である。フライパンを持つ燕の顔はどこかぎこちない。それと同じく、律子の線もぎこちない。

「迷い線」

顔に身体に震える線が見える。律子の絵を見慣れた今なら分かる。

この頃の律子の絵は、線が戸惑っている。

出会った時、律子は燕の絵を描いていた。その絵は目を見張るほどに素晴らしいものだったが、最近の絵に比べればずっと落ちる。

たしかに、半年前の律子は人物デッサンに恐怖を覚えていたのだ。

燕はスケッチブックをもとに戻すと、階段をゆっくり上る。三階に一人で向かうのは初めてのことだ。

そこは、律子の聖域だった。

細い廊下に向かい合うようにいくつもの扉。そのうちの二つは見た。あざやかな春と秋。まだ足を踏み入れていない二つの部屋はおそらく、夏と冬。
未知のドアノブに手をかける。冷たい金属の硬さに燕の手がふるえた。

「ただいま、燕くん……なにこれ、すごい、チョコレートのいい匂い！」

燕の手を止めたのは、律子の声だ。
まるで奇跡のように階下から明るい声が聞こえた。
それはグレーに包まれたこの家に色彩を送り込むような声である。
燕は安堵したように、ノブからそっと手を離した。

夏の残り香、炎のガトーショコラ

「ただいま、燕くん！」

跳ねるような律子の声はいつもと変わらない明るさで家の中を染める。それは、燕の耳に奇跡のように響いた。

「燕くん。いないと思ったら、上にいたのね」

振り返れば律子が笑顔で腕を広げている。

「外は寒いわ。また雨が降ってきそう」

彼女が言うとおり、律子のコートの隙間からは冬の空気が漏れていた。

元々体温の低い律子は二月の冷たい風に晒されて、ますます体温と色をなくしていくようだった。

「そんな薄い恰好で出歩くからでしょう」

「あら。でも春らしい色でしょう？」

律子は楽しげにそう言って、その場でくるりと回ってみせる。

「グリーンを中心にしてみたの」

「……さあ、僕にはそういうことは、分かりませんので」

律子はあまり服にこだわらない。そこにあるものを適当に身につける。暖かければそれでいい。そんな合理的なところが律子にはある。

しかし今日の彼女は、さわやかな緑色のセーターに、同じ色合いのスカート。柔らかいベージュのコートを羽織り、頭にはコートと同じ色の帽子。

律子は帽子を直しながら笑う。

「お気に入りのお洋服なの。まるで春を着ているみたいで」

今日が彼女にとって特別な日であるのだと、あざ笑うような声が耳の奥に響いた。それは柏木の声で再生される。

しかし律子は燕の些細な表情の変化に気づかない。

「燕くんが上にいるなんて、珍しいわね」

「……掃除でも、しようかと……」

扉にかかったままの手をぎこちなく離しながら、燕は苦々しく呟いた。

掃除道具一つ持たない燕の言い訳など、すぐに嘘だと分かるはずだ。

だというのに、律子は気にせずに手を打ち鳴らす。

「それもいいけど、今日は寒いから、お茶が飲みたいわ。そうね。それがいいわ。お茶にしましょう、甘いお菓子とお茶」

いかにもいいことを思いついた。と言わんばかり、彼女は踊るようにキッチンへ駆け下りていく。

「ああ、お茶請けなら、ガトーショコラが」

「さっきの匂い、ガトーショコラなの？」

「あんなに分かりやすく置いてあれば、誰にでも分かります」

キッチンに戻り、オーブンの中を覗けばちょうど、ケーキの熱も落ち着いた頃。

皿にのせれば、ずっしりと手に沈み込む。その重さは教え子たちから律子に寄せられる、畏怖と尊敬と贖罪の重さそのものだ。

「すごい、本のまま！　早く、早く」

それでも律子は子どものように喜ぶ。そしてコートを脱ぐ間も惜しみ、燕を急かすのである。

すでに彼女の手にはティーポットとカップが二つ握られていた。

透明のポットの中で揺れるティーバッグの周囲は、どろりと重い赤色。まるで血のようなその色を軽く揺らせば、あっという間にポットの中が綺麗な琥珀色に染まった。

「どこでお茶をしたらいいかしら。そうね……暖かい部屋で……むしろ暑い部屋で」

「暑い？」

「こっちよ。新しいお部屋」

律子が燕を誘ったのは、またも三階だった。

柏木の重い語り口調が、燕の脳内に幾度も繰り返される。

三階は、律子の苦しみの部屋だ。

「……燕くん、この部屋は初めてでしょ？」

律子はまっすぐ廊下を進み、右奥の扉に手をかけた。秋の部屋のちょうど目の前、そこはまだ一度も開けられたことのない扉。

それはため込んだ空気を吐き出し、今の空気を吸い込む仕草に見えた。

「蒸し暑いから気をつけて……どうぞ」

戸がゆっくりと開く。

その瞬間、熱と水気を含んだ夏の熱風が、燕の頬を撫でた。

燕の目の前に広がっていたのは、青の一色である。いや、一色ではない。水色、濃い青、夕日の端にかかる、オレンジのにじむ青の色。そして炎の青。様々な、青。

壁は、様々な青に塗られている。しかし、その色はトータルでみれば切ない青だ。

夏の終わりの色である。

描かれた木々はリアルだが、それもまた夏の終わりを予感させる色に塗り込まれていた。

遠くの空はもう宵の空。もっと向こう側には小さな花火が上がっている。下を流れる川には、花火の色が映っていた。

そこから感じる風は、やはり湿り気を帯びた夏の温度である。どこかで蝉が鳴いている、そんな気がする。

先ほどまで感じていた春の気配は一気に吹き飛んだ。今の感じるのは、ただ夏の熱気だ。

燕と律子が出会ったのも、こんな季節だった。

「夏だ」

掠れる声で、呟く。

律子が嬉しそうに声を上げて笑った。

「燕くんは素直に驚いてくれるから好きよ。そう、夏のお部屋なの」

律子は笑って、机を引き出す。それでも燕は絵から目が離せない。

部屋の隅に小さな男女の絵がみえる。それはあまりに稚拙な絵だった。背しか描かれていない。老年らしき男と、若い女。男は、女に絵でも教えているのか、絵筆とスケッチブックが描かれている。

それに触れようとした瞬間、律子が燕の腕を引いた。

「燕くん、早く食べましょう」

彼女の体から、燻された香りが鼻をつき燕は動きを止める。

それは煙草の匂いだ。

夫は煙草を吸った……と、律子はそう語った。だとすれば、これは追想の残り香だろう。

冷たい墓石の前で彼女は煙草に火を点ける。浮かれた世間の中でただ一人、冷たく乾いた冬の空に上がって行く煙はどれくらい空しいものか。

燕はその想像を払い、小さな机にガトーショコラと紅茶を並べた。

青い風景に、黒と琥珀が不思議と映える。

小さな子どものように、律子はケーキを覗き込む。鼻を近づけてうっとりと目を閉じる。

何も聞こえないというのに、音を聞くように耳を近づける。

「本当、美味しそう。本で見つけて、どうしても食べてみたくって……」

「だと思いました」

「……でも、色が少しさみしいわ」

二人の間、机の上に置かれたものはただの黒い固まりだ。

それを切り分けようとすると、律子が突然立ち上がった。

「あ、ちょっと待ってて、いいことを思いついたの」

音を立ててどこかへ消えたかと思えば、数分後に戻って来た彼女の手には様々なものが握られている。

イチゴ、キウイ、バナナなどのドライフルーツ、ナッツ、マシュマロ。白や赤、様々な色のチョコペンシル。

「クリスマスの時、幼稚園に絵を飾ったでしょう。その時にお菓子パーティがあって、余ったものを後でいただいたの。これをかけてみるのはどうかしら」

「律子さん？」

「ほら、これで賑やか。夏の部屋にもぴったり」

ドライフルーツとアーモンド、マシュマロの袋を全開にすると彼女は躊躇なく、白い皿にひっくり返す。あっという間に、そこは彼女のキャンバスとなった。

白に黄色に緑に青。色とりどりに飾られた黒いガトーショコラは一気に楽しげに見える。

燕が座り込んでいる合間に、すべての用意が調った。

「そして、これね」

悪戯を思いついた顔で彼女が差し出したのは、重苦しい茶色の瓶。それは棚の奥でただの飾りと成り果てていた、高級そうな瓶に入ったラム酒である。使い道もないままに、眠るだけだったそれが開けられる。

甘い香りと、きついアルコール臭が鼻を刺激した。

「これを……こうして」

ガトーショコラの上に、律子はさっとラム酒を振りかける。そしてライターを取り出して、自慢げに見せつけるのだ。

「これ、以前にどこかで見たのだけど、洋酒をかけて火を近づけると青い炎が……」

「……貸してください。家が火事になる」

彼女の意図を読み取った燕は、その手からライターを奪うと、すぐに赤い炎をケーキに近づけた。

「ああ」

……ただ黒かったガトーショコラの表面に、一瞬だけ青い炎が燃え上がる。それは海のように波立って、すぐに消えた。

残ったのは、甘い香りだけである。

「青い炎、一瞬だけだったけど。綺麗」

律子はうっとりと呟く。先ほどまではただ寂しいだけに見えたケーキだが、今はこれ以上ない賑やかさで燕の前にある。

律子は切り分けたそれを一口食べると、いかにも幸せそうな顔で頬に手を当てるのである。

「さくさくで、でもしっとりしててすごく美味しい。燕くんはお菓子作りも上手なのね。ホワイトデーに、なにかお返ししなきゃ」

「では……」

ケーキを前に置いたまま、燕は動けないでいる。柏木の言葉や律子から香る煙草の匂い、夏の部屋に描かれた男女の姿。

色んなものがない交ぜになり、燕の声が掠れた。

「今、ください」

「今？　今は何も用意なんて」

不思議そうに首を傾げる律子に構わず、燕は彼女の手を取った。突然の燕の動きに、彼女はフォークを床に落とす。土が描かれた床に落ちたフォークは、音を立てて転がる。

これは、絵だ。燕はその軌跡を目で追って確信した。ここにあるのは本物ではない。すべて絵だ。現実ではない。律子の生んだ世界だ。

「燕くん？」

「僕の質問に答えてください」

律子の手は、身体に似合わない無骨さがある。指に筆の跡がしっかり残り、まるでその指は筆を握るためだけに存在するようだ。

関節も指も固い。だというのに、筆を握らせればしなやかに動く。

燕は彼女の指を自分の頬に押し当てた。冷たく見える癖に、その手は温かい。

「律子さん、もう長い間、人の絵が描けなかったというのは本当ですか」

律子の目が丸く開かれ、やがて睫毛が彼女の顔に影を落とす。

「……あの子から聞いたのね」

律子の声にも陰が生まれた。その重い口ぶりに、彼女の過去がにじみ出る。先ほどまでの無邪気さは色をひそめ、やがて彼女は決意するように立ち上がった。

「燕くん、こっちへ」

律子の強い声に引きずられるように廊下へ出る。そして彼女は数歩進むと足を止めた。それは、夏の部屋の斜め前にある扉だ。

「……ここは」

一歩足を踏み入れ、燕は動けなくなる。

急に冷たい風が吹いた気がした。

目の前にあるのは白。ただ白だ。

踏み込んだ足の先が白く、躊躇する。それほどに、ただ一面の白だった。

部屋としてはこれまでの中で一番狭いだろう。しかし、壁が一面、白く塗られているせいで、どの部屋より広くみえた。

「冬の部屋」

律子は呟き、電気を灯す。光が入ると、余計に白さが目立った。

「見せるつもりはなかったの。何もないでしょう。ここは、夫と過ごせなかった季節、だから何も描けなかった」

壁は四方上下、すべてが白く塗りつぶされている。この部屋には窓はなく、蛍光灯の白い光がしみじみと部屋の白さを浮かび上がらせていた。

「夫が亡くなったのは……私の……せいなの」

律子は絞り出すような声で言う。細い肩が揺れ、彼女が着込んだ春の装いが白い部屋の中でくっきりと浮かび上がる。

「私ね、小さな時から絵が大好きで……描けなくなることなんて、一度もなかったの。だから怪我をしてあの人が悩んでる時、どうしていいのか分からなかった」

律子は何かを探すように白い壁に手を這わせ、やがてその一箇所を指さした。

「……黄色」

壁の一角、そこに薄い黄色の跡がある。その色を上から塗りつぶした白い絵の具の跡も。

近づいた燕はその跡に触れてぞっとする。その黄色は、確かに燕の記憶にある『律子の黄色』なのだ。どんな絵があったのか今では分からない。

すべて白い絵の具で塗り固められているのだ。

「二十年前の、あの時……ちょうどね、私はこの壁に絵を描いてた……フリージアを描いていたの。壁一杯に。あの人は私の黄色が大好きだったから、きっと喜んでくれる。そう思って描いたの。そうしたら」

律子は口を閉じ、勇気を振り絞るように再び開く。

「その時に、警察から連絡が」

燕の頭の中に、パトカーや救急車のサイレンが聞こえた気がした。見たこともない男の顔を想像する。律子を置いて、自分勝手に死んだ男の顔だ。

「律子さん」

「あの人が居なくなって、私は初めて絵が描けなくなる気持ちを知ったの。まず、黄色が使えなくなった。次に人物デッサンができなくなった。どう描いてもあの人の顔になる。無理に描こうとすると、あの人の顔を忘れてしまいそうになるの。だから人の絵を描かなくなった。私が描けるのは誰も居ない風景ばかり。なんで描けないの？　筆を握るだけなのにって、それは私が夫に対して言った言葉」

「律子さん！」

律子の小さな手が固い拳となって、後悔するように壁を叩く。掌が赤くなるのを見て燕は律子の手を掴む。律子の横顔は青くて白い。

「……それで気づいたの、私は救ってあげられなかった。きっと、助ける手段はいくらでもあった、私しか救えなかった。なのに私は余計なことを言って、あの人を追い詰めた。きっと、あの人は絵を嫌いになったんじゃない。まだ、好きだったはず。あの人を殺したのは私。私、本当はもう絵も描いちゃいけないのに、絵だけは捨てられなかった」

「……違う」

燕は律子の手を掴んだまま、必死に訴える。こんな時、柏木のような男なら上手く言葉を吐くのだろう。しかし燕の言葉は宙を滑る。

「違うことはないの。私が、私だけがあの人を救えたのに、結局、あの人を殺した……」

「それは、違う……と思います、僕は」

燕は絵の具の染みついた律子の指を見る。震えるその指先は、どれほど多くの色を、絵を生み出したのか。

死んだ男は、律子から黄色を奪って永遠に消えた。

それが燕にとっては許せないのだ。

「……僕は……」

燕もまた一年ほど前に、絵を捨てて心が死んだ。

生きかえったのは、律子の絵に触れてからだ。

その時から、燕の目の前に極彩色の道が現れた。

「……きっと、あなたに、救われた」

ささやく声は、律子には聞こえなかったようだ。彼女は四方を見回し、寒そうに腕をさする。

目の端をさり気なく拭うのを、燕の目は見逃さない。

「律子さん」

「さ、夏に戻りましょう。冬は寒いわ」

しかし律子は何事もないような顔で、燕の手を優しく二度、叩いた。

冬の部屋を出てたった数歩で夏の部屋に戻る。しかし、肌に触れる空気は先ほどよりも寒く感じられた。

「暗い話をしてごめんなさいね。描けなくなった理由はそれだけなの」

「でも、あなたは僕の絵を描いた。教えてください。なぜ、描けるようになったんですか」

燕の脳裡に律子のスケッチが浮かぶ。この家にある、数百枚を超える燕のスケッチ。二十年の殻をどう破ったというのか。

燕はすべてを投げ捨ててこの一年逃げ続けた。そして燕はいまだ殻の中に閉じこもっている。季節は巡りまた春がくるというのに、まだ燕の殻は破れそうにない。

これまでの人生で、燕を絶望させたのも焦らせたのもすべて絵だった。

二十年もこの絶望を味わい続けるのは、地獄だろう。

「……それにはね、二回の偶然があったの」

律子は燕を見上げて少し笑う。

「一回目は仕事で、コンテンストの評を書いた時。時々だけど……今も、そんな仕事をしてるの。でも文章って、絵を描くより難しくてとても大変なのだけれど」

律子は鞄から綺麗に折りたたんだ紙を取り出す。

それは何かの本から切り抜いた一ページ。

「その仕事で、夫が……最期に描いた絵に、とても似てる絵を見つけたの」

「これは……」

彼女が差し出したのは燕が遠い記憶に封じ込めた絵だった。

その絵に描き込まれているのは、黒い影となった人間の姿だ。有象無象の人々が目的地もなく歩いている。影を落とし、夕陽を浴びて歩いて行く。

人の顔が不明瞭なのは、生きた人間を描いたことがなかったからだ。誰かの描いた人間ばかり描いてきたからだ。服の皺も、表情もすべて夕陽の色で塗りつぶしたのは、教室に夕陽の色が広がっていたからだ。

「見せて……ください」

受け取った紙に描かれているのは、確かに燕の絵だ。悩み抜いてコンクールに投げつけた一枚。苦しみながら描いた自分の絵は、もがくように揺れている。

コンクールの結果が載った冊子。その燕のページだけがくりぬかれていた。

大島燕作　無題

そう書かれた絵の隣、講評欄には、何人かの人々の冷たい言葉が並んでいる。

ちょうど一年前、燕はこれを見た。そして読み切る前に、すべてを捨てて逃げ出した。

……しかし欄の一番下、たった数行しかない最後の講評に目を落とし燕の動きが止まる。

『感情のままに絵を描くことはプロでも難しいものです。しかしこの絵は感情のままに描かれていますね。素晴らしい才能です。私はこれほど悲しい絵を見たことがありません』

黒い文字の染みが、色彩となって浮かび上がってくる。

(……願わくば)

たった数行の文字が、燕の目に染み渡る。

(この学生が、喜びの感情で描いた絵を、私は見てみたい……)

「二回目の偶然は、夏の終わりに、燕くんを公園で見かけたこと」

呆然と動きを止めた燕を気にもせず、律子は続けた。

「燕くんの姿を見て、突然、人の絵を描きたくなったの。不思議ね、あの公園で見た時、まるであなたの体から色が溢れてるみたいだった。気がつけば、燕くんの絵を描いてた。人の絵を描くのは二十年ぶり。最初は、燕くんが絵を描く子だとは知らなかった。でもこの家に着いた時、あなたは絵を見て、筆を見て、すごく嫌そうに目をそらした。しばらくあと、燕くんのことをあの子から聞いたわ。それで、やっと繋がった」

指を組み、ほどき、律子は穏やかに呟く。

「ああ、あの夕陽の絵を描いた子だったんだって」

律子は燕の顔を覗き込み、笑った。

「夫が亡くなる直前に描いた絵も、こんな寂しい絵だったわ。この子は、絵から滑り落ちそうになってる。でもまだ、落ちてない。今なら手を差し出すことができる。あの時、私が、にできなかったこと。でも私が救うより前に、あなたは自力で這い上がってくれた」

「でも……まだ、僕は」

「もういっぱい絵を描いてるじゃない」

「僕が？」

「料理は絵よ。なにもないところから、いろんな材料で作品を作る。絵と同じ。ねえ燕くん、この半年で何枚の絵を描いたと思う？」

律子はガトーショコラを指さす。

フレンチトースト、オムライス、シチュー、そしてケーキ。この家に来てからすでに半年。燕の作った料理は数え切れないほどにある。

律子はケーキの上にのったドライフルーツやナッツを皿の上に落とした。そうするとただ、ケーキのひび割れた表面だけがそこに残る。

彼女はその表面を、じっと見つめた。

「前に燕くんに聞いたことがあったわね。絵は嫌い？　って」

律子が燕に絵のことを尋ねてきたのは、正月のこと。嫌いと言い切れず好きとも言い切れなかった。今なら何と答えるだろうと、燕は自分に問いかける。

「嫌いじゃないって聞いて安心したの。まだ、この子はきっと、助けることができるって
……燕くん。手を貸して」

立ち上がった律子は燕の背後に回り、右手に何か冷たいものを握らせた。

それは薄桃色のチョコペンシルだ。まるでおもちゃのような小さくて柔らかく、冷たい。チョコペンシルを握る燕の手を、律子の手が包み込んだ。

それは、まるで幼稚園の子どもに筆の持ち方を教えるかのような優しさだった。

「律子さん？」

「しっかり握って……でも力は込めない」

律子の手が燕の背を撫でる。それだけで力がするりと抜けた。

「肩の力を抜いて、息を吐くの」

律子が誘うままに手が動く。彼女は迷うことなくガトーショコラの上に燕の手を誘う。

「何がいい？　そうね、好きなものをここに描きましょう」

「これは？」

「いい？　これは画用紙、燕くんが持っているものは鉛筆」

ガトーショコラの黒い表面は、今や黒の画用紙だ。律子の手に支えられ、燕は恐る恐る、チョコペンシルを押す。とろりと溢れた色は外から見える色よりも、淡い薄桃色である。それをみて燕の手が自然に動いた。

線が震えたのは最初の一瞬だけ。そのあとは、まるで滑るように燕の手が動く。抵抗はほとんどなく、気がつけばそこに、小さな梅の花が描かれていた。

それを燕の肩越しに見つめて、律子が目を細める。

「……なんて可愛い梅の花。甘い香りがしたのは梅の匂いね。さあ次はどの色にする？」

次の色は緑のチョコレート、生まれたものはまだ緑色の銀杏の葉。

その次は白のチョコレート、雪の結晶。

茶色は食パン……黒いキャンバスに、色と絵が増えて行く。

それはこの半年の間に、燕の上を通り過ぎていった様々なものである。気がつけば、ガトーショコラの上は鮮やかに彩られた。

「ほらね、描くのはこんなに楽しいでしょう」

「……描け……たのは律子さんのおかげだ」

燕の手からチョコペンシルが落ちる。気がつけばどの色も空っぽで、燕の手は甘い残り香に包まれている。暑くもないのに、額から静かに汗が伝い落ちる。

ガトーショコラに描かれたものは、稚拙で子どもじみた……落書きともいえないものだ。

半年前の燕なら一笑に付すか、顔を背けたに違いない。父や母が見れば、どんな言葉で叱責するだろう。

しかし、燕の屈折の殻を破るには充分な色である。

「あら。私、燕くんの手の上に、添えていただけよ」

律子は楽しげに燕の手を軽く撫でた。たしかにその手は、燕に添えられていただけである。

「途中から、動かしてもないのよ」

「でも、律子さんのおかげで」

「私が魔女だからかしら？」

律子は冗談のように笑い飛ばし、燕から離れようとする。

「……僕は最初から律子さんを魔女だなんて思っていませんよ」

その手を、燕は引き寄せた。

「努力をする人の手だ」

その手は二十年間、もがいてきた手だ。

自分の手と、律子の手を並べる。燕の手は、律子に比べると生白く、細いばかりだ。

「……努力をしない僕の手とは違う」

「夫よ」

律子が長い息を吐いて呟く。

「……私のことを、最初に魔女と言い出したのはね」

「では、その人は律子さんのことを買いかぶりすぎだ」

「お話が長くなっちゃったわね。食べましょう。夏の暑さで溶けてしまう前に」

律子が笑って軽く手を打ち鳴らす。

と、途端に熱が戻ってきた。そこはやはり、夏の空気だった。

「色んなチョコレートの味、美味しい……賑やかな絵みたいな味」

さくさくと香ばしいガトーショコラの表面には、チョコペンシルの甘い味。

中に進めばとろりとした柔らかみを帯びた食感に、バターの香りが鼻を抜ける。ナッツの食感、ドライフルーツのねっとりとした味わいも爽やかな甘さを加えていく。

甘い口の中を濃く温い紅茶で流せば、あとに残るのは爽やかさだけだった。

「プレゼントがいっぱい詰まったプレゼントボックスみたいね」

ガトーショコラを頬張って、律子は幸せそうに笑う。

すっかり秘密を暴露したせいか、その顔色は悪くない。

しかし燕は、まだ指先が震えているようだ。手にしたペンシルは羽根のように軽かったというのに、掌が熱を持って震えている。

「あ、プレゼントといえば、燕くんまだ開けてないものがあるじゃない？」

「プレゼント？」

「クリスマスプレゼント。箱を開けてみて」

ああ。と、燕は思い出す。それは燕の部屋に描かれた小さな箱である。

それはクリスマスの夜から、枯れない柏の木の下にそっと置かれたまま忘れられている。


夏の部屋を出た頃、外はすっかりと夜に染まっていた。

昼の日差しに晒されていたのはただの錯覚で、ビルは冬の闇の中。まだ、世界は冬のまま。

部屋に戻ると、冷たい空気が燕を包む。夏の空気は、部屋を出た途端に一気に消えた。

しんしんと冷えた壁の前で、燕は腕を組む。

壁一面に描かれた柏の木。そして小さな箱。

手で触れると、ざらりとした感触だけが伝わる。

「開けるといっても……どうやって……ああ」

燕は目を見開いた。柏の木も巣もすべて着色されているというのに、箱だけはまだ鉛筆描きのままで放置されているのである。

「……なるほど」

律子の好みそうな誘いかけだ。

腰を下ろした燕は慎重に閉じたままの箱の蓋を消しゴムで消す。そして描き足したのは開いた箱の蓋。箱の外には、少し悩んだあと、スケッチブックを描き足す。それは律子がよく使っているスケッチブックだ。

描き終わった途端、後ろから噛み殺すような笑い声が聞こえた。振り返れば、律子が扉に背を預けるように立っている。

「分かった。今度プレゼントしてあげる。私のお気に入りのスケッチブック」

白い息を吐き出して、律子は呟く。

「燕くんは一年絵を描いてない。一年なら大丈夫。私は二十年でも描けるようになったもの」

「……律子さん」

だらしないほど長いストールを身に纏う律子は、いつもの彼女であった。

燕の部屋は薄暗い。しかし律子の立つガレージは、薄く光が灯されている。その光に一歩近づくように燕は立ち上がる。

「なあに？」

「……復学しようと思います」

燕の喉が、震えた。


そこから先の言葉を、燕はあまり覚えてはいない。

幼い頃の話をしたようである。

小学生、中学生、そして高校から大学へとわたる話だ。それは幾度も前後し、感傷が挟み込まれた。夢も語られたし、父や母への恨みの言葉も吐いた。まるで雲を掴むような支離滅裂な話であった。

ただ、律子はけして目をそらさなかった。まっすぐに見つめ、燕が言葉に詰まると時折先を促すのである。

自分のことよりも、絵を語ったようだ。本当に描きたかった絵、描けなかった絵、周囲の期待と、自分の卑屈。喉の渇きを覚え、燕は頭を垂れる。

気がつけば、二人とも冷たい床に座り込んだまま。

燕は、まるで祈るように律子の膝に額を押しつけている。

「律子さん」

俯いたままの燕の声は、くぐもって響く。しかし律子はまるで気にせず、燕の背をゆっくりと撫でる。

「なあに？」

「……僕は、絵を描くことが好きだ」

「そうね、私も好きよ」

律子はストールで燕の手を包み込む。その温かさに、自分の身体が冷えていたのだと気づかされる。

「不思議ね。なぜかしら、燕くんの手は、描くことを忘れてないし、私の手も描くことを忘れていなかった」

律子の言葉はいつもより低い。それはあの映画の声に似ている。

やはり、あの映画の声を収録した時期、柏木螢一は死んでいたのだろうと燕は思う。

律子は背を撫でる手を止めず、まるで歌うように呟く。

「ずっと描けなかったのに、燕くんを見て、描けた。なぜだろうってずっと考えてたの。燕くんを描けたこと、多分、それは……」

律子はそのあとを続けなかったが、燕には分かった。

夏の終わり、夕暮れの頃。出会ったあの時。出会いは本当の偶然だった。しかし、その時、燕と律子のなにかが、共鳴したのである。

二人の抱える孤独が、互いに共鳴したのだ。

「もっと私たちは早くに秘密を明かすべきだったのね」

律子はまるで子どもをあやすように燕の背を撫でる。そして、彼女の目が壁を見た。

「……私もそろそろ」

そこには巨大な柏の木と、木にかかった巨大な巣。

「色を塗らなくっちゃ」

まるで覚悟を決めたような律子の声に、雨の音が重なった。

一度は止んだはずの雨がまた降り始めたのである。それはまるで滝のように降り注ぎ、窓の曇りも汚れも何もかも綺麗に洗い流していく。

窓からにじみ出た雨の匂いは、冬の残り香である。

「だってもう、冬も終わるもの」

律子の声はどこか、覚悟めいた響きで燕の中に響いた。

それは確かに冬の終わり。春直前のことである。

思い出トースト、極彩色の食卓

二月の終わりは、晴れやかな青空が顔を見せた。

直前まで吹き付けていた雨のせいで地面はぬかるんでいるが、その泥の端から小さな緑が顔を出す。

吹き付ける風はまだまだ冷たいが、春がくる。と、燕は確信した。

冷たく硬直したままのスマートフォンの電源を入れて、燕は宙に向かって息を吐く。息を吐いても、白い煙はもう出てこない。

……やはり、春なのだ。


「……父さん」

着信音はきっちり三回。繋がった瞬間、燕は声をかける。

「復学の手続き、してきた」

何度も頭の中で繰り返し練習した言葉を、燕は声にのせた。復学をしたこと、その手続きについて。

燕の言葉に対して、父の声は相変わらず低かった。

事務的に電話を切ろうとする燕を、父の低い声が止めた。

「……昨日、掃除中にお前の絵が出てきたんだ。母さんと、それを見ていた」

まるで息子の出方を探るような声である。

「すごく、いい絵だった。教えたとおりの、父さんの好きな画家のタッチだ。お前は腕がいい。今は少し疲れているだけだろう。大学に戻って勉強すれば、きっと、今にまたこんな絵が描けるようになる。頑張りなさい」

半年前の燕なら、その言葉は錆びたナイフのように心をえぐったに違いない。しかし、今の燕はその言葉を平坦に受け止めた。

母の、父の夢は画家であったことを、燕はようやく思い出す。なぜ筆を折ることになったのか、詳しくは知らない。

ただその苦しみは理解できる。今になって両親の背負った苦しみが燕とリンクした。

しかし、燕は両親と同化はできない。燕は、ようやく自分の色を見つけたのである。それは両親との離別を意味するようで、それだけが妙に心苦しかった。

「うん、絵を描くよ」

声は自分の想像よりも、はっきりと響く。

低い電子音が響く向こう側、低い呼吸音が聞こえる。

燕は足の先で、小さな石を蹴り飛ばす。それは、壁に跳ね返り雑草の中に吸い込まれた。

「……でも、父さんや母さんが気にいるような絵はもう描けないし描きたくない」

父だけでなく母も聞いているのだろう。電話の向こうの気配は薄いが二人分の規則正しい呼吸が聞こえる。

「これまでみたいな絵は描けない、でも」

その呼吸が乱れる音を、燕は聞いた。

「絵は描くから」

ああ。とため息のようなあきらめのような声が聞こえる。

それは期待した息子への絶望か、それとも安堵のため息なのかは分からない。

ただ燕は片手をポケットに入れ、逆の手でスマートフォンを耳に押しつけたまま、空を見上げた。

「……父さん」

一匹の鳥が青い空に向かって飛んでいく。まるで綿菓子のように柔らかい白い春の雲、穏やかな鳥の背、柔らかい木々の緑。

描きたいと、久々にそう思った。

「絵を教えてくれてありがとう」

燕は呟いて、電話を切る。そしてすぐにポケットに片づけると、足下に置いてあった荷物を掴んだ。

春まだ早い。風はまだ冷たい。

「燕！」

ポケットに手を押し込んで、歩き始めた燕を止めた声がある。

振り返れば、そこには眩しいくらいの笑顔を浮かべる男がいた。

「田中？」

彼はどこから走ってきたのだろう。鼻の頭を真っ赤に染めて、忙しげに駆け寄ってくる。

思えば、彼のイメージは走る姿ばかりだ。

「やった！　追いついた！」

彼は大きな画板を肩から提げて、それを羽根のように揺らしながら駆けてくる。そして、肩を上下して燕の前に滑り込んだ。

彼の向こう、春の空の下に巨大な建物がそびえ立つ。それはつい先ほど燕が立ち寄っていた場所……大学だった。

「復学したって？　噂になってた！　女子がきゃあきゃあ言ってんの、すげえなお前。さっきまで事務室に居たって聞いたのに、もう居ないからさ、あちこち探して走っちまったよ」

無邪気な顔で田中は笑う。その顔を見て、燕も思わず苦笑する。

燕が手にぶら下げた袋の中、書類は数枚だけ。復学は想像よりもずっと簡単だった。責められることも期待されることも褒められることも貶されることも、何一つない。

大学は恐ろしい場所でもなんでもない。あくまでも事務的に、書類を出すだけである。時間にして、たった数十分。

構内に飾られている絵も、絵の具の香りも何も恐ろしくない。作業着を着た学生も、教員も、恐ろしい存在ではない。

何を怯えていたのだろう。と、書類をみて燕は自分自身に問いかけた。こんなにも、簡単なことではないか。

「先に教えてくれてたら、予定空けといたのに」

「いいよ、大げさだな」

噴き出す燕をみて、田中は楽しそうに飛び跳ねる。

「そういやお前、どこに住んでんの？　この間、会った近く？」

「なんで？」

「今度、一緒に遊ぼうと思って」

燕はふと、律子の家を思い出した。古びて壁には蔦の絡む雑居ビル。外から見れば、誰が住んでいるのかも分からない。まさか著名な画家が住んでいるなど誰も思わないだろう。

電気の点かない入口。薄暗いコンクリート階段の先にある、重い扉。

しかし、開ければそこに極彩色が広がっているなど、誰が想像するだろうか。

半年、燕はそこで暮らした。

「……今はあの辺りだけど……でも、引っ越しするかも」

「かも？」

「今、人の家に居候してるから」

燕は何事でもないように言ってみるが、最後少しだけ声が震えた。しかし田中は気づかないのか、腕時計を見て口を押さえる。

「ふうん？……あ、やべ。時間だわ」

「時間？」

「今からバイト！　美術雑誌の編集アシスタント！」

駆け寄ってきた時と同じ勢いで彼は背を向ける。そして大きく燕に手を振った。

「またさ、春になったら、遊ぼうぜ」

彼の向こうに、並木道が見える。

確かそれは桜の並木道であった。一昨年、燕は桜色に染まる道を歩いたはずだ。それはたった二年前なのに遙か遠くに思われた。

「桜が咲いたら！　な、燕！」

春はまだ遠い。しかし細い枝には固い蕾が薄桃色と緑色に染まりつつある。

「ああ、春になったら」

春になったらこの道は桜色に綻ぶのだ。

……その頃自分はどこにいるのだろうかと、燕は去って行く田中の背を眩しく見つめた。

「ただいま戻りました、律子さん」

律子のビルに辿り着いたのは、昼過ぎのことである。

きしむ玄関を開けると、静寂が燕を迎えた。

「律子さん？」

声をかけても返事はない。気配もない。

最近の律子といえば、三階にこもってずっと絵を描いている。

出来上がるまで見ないでね。と笑う律子に従って、燕はここ数週間、素直にキッチンと自室だけを行き来していた。

燕は所在なくキッチンの椅子を引いて腰を下ろす。

この家に住み着いたのはほんの小さな偶然だ。夏、女に捨てられなければ、あの公園に行き着かなければ、燕はここにはいない。

燕にも打算はあったが、律子にも打算があったはずだ。

描けなくなった人物絵を取り戻すために律子は燕を招き入れた。燕はただ、住む場所を探していた。

しかし、律子が絵を取り戻した今、燕がここに住む理由など一つもないのである。

（さて、どう切り出して出て行くか……）

重い腰を上げて薄暗い自室に戻る。燕の荷物は鞄に二つ分、部屋の隅に置かれている。

荷物は少ない。大学寮に入ることができれば、それで済む。寮の案内も、大学から受け取ってきた。まだ、間に合う。

来た時と同じように、自然に出て行けばいいだけだ。そう考えれば考えるほどに、苦みが口の中に広がる。

（こうしていても仕方がない……）

まずは律子を探すことだ。立ち上がった、その時。

「……？」

燕は思わず動きを止めた。目の前の壁に、見慣れないものがある。

朝ここを出るまで、燕の部屋の壁にあったのは柏の森とそこにかかった巣とプレゼントの箱だけだ。

しかし、今は違う。巣の下に割れた卵が描かれている。顔を上げれば、ちょうど巣から飛び出すような、黒い曲線も描かれていた。

「曲線……いや、鳥？」

そこに描かれているのは広い壁を悠々と飛ぶ鳥だ。その数は……一羽、二羽、三羽。

三羽の鳥は絵の具をなでつけるように描かれている。

濃い藍色の身体。喉と額にだけまるで飾りのような赤が落とされている。細長い尾が、楽しげに揺れている。強い風をものともせず、まっすぐ飛ぶ姿。

顔を近づければ、新しい絵の具の香りがした。先ほど、描かれたのだろう。

「……ああ、ツバメか」

それは、ツバメの雛の群れである。

雛鳥は燕の部屋の壁だけではない。階段の壁にも小さく描かれている。今朝まではなかったはずだ。つまり、燕が家を空けた数時間で律子が描いたのだ。

「部屋だけじゃないのか……」

ツバメの絵は点々と、あちらこちらに描かれていた。燕は鳥の絵を追って階段を上がる。キッチン、そして階段を上がり三階へ。

ここまでに、鳥はすでに数十羽も描かれている。上に向かうごとに、描かれる鳥の体は大きくなるようだ。

家に戻った時には一切、気づかなかった。なぜなら、顔を俯けていたからである。

「一体、どこまで……」

燕は描かれた鳥を追って、壁沿いに進む。

ツバメは階段の壁だけでなく、三階の壁にも描かれている。それはまるで燕を誘うように、じっと見つめてくるのだ。

階段を上がってすぐ目の前。そこにあるノブに手をかけると、ドアは静かに開く。

そっと覗き込めば、律子は居ない。ただ、桜の乱舞がそこにある。

(……春)

そうだ、半年前にここで初めて燕は律子の色彩を見た。

鼻に甘い香りが蘇る。それはここで食べたフレンチトーストの香りだ。

すべてが桜の色に支配された部屋である。暖かい風と冷たい風が吹く中、ツバメの雛は木々のあちこちに描き足されている。

（夏）


春の部屋を出て廊下をまっすぐ奥に進む。右奥の扉を開けば夏の部屋。

そこは先週見た青の世界である。ここで食べたのは、ガトーショコラ。青い炎が二人の間を駆け抜けた。

皮膚を焼き付ける、夏の湿った夕暮れの風景にもツバメの雛は描かれていた。木陰に、床に、遠い花火を見つめるようにツバメの絵が増えていた。

「……秋」

続いて、秋の部屋。

ここを覗いたのは確か昨年の秋の頃だった。

大きな銀杏の葉や紅葉の葉が音を立てて頭に降り落ちてきそうな秋の部屋。ここで食べたオムライスは、口の中で蕩けた。

ここで描かれているツバメはすっかり成鳥の姿になっている。

赤い葉の上、木の枝、あちこちに止まったツバメは、どこか遠くを見つめるように天を見上げていた。

「……」

廊下に出て、燕は拳を握り締める。残った部屋は一つだけ……冬の部屋だ。

秋の部屋を出た燕は、最後のドアをじっと見つめた。どれも同じ扉だというのに、その扉からは冷気が漏れているような、そんな気がする。

小さなツバメが、扉の横に描かれていた。まるで中を覗き込むような、そんな顔で。

しかしここから先は、冬の部屋。

冬の部屋に、ツバメは似合わない。

燕は震える手でノブに手を伸ばす。暖かい場所を目指して、ツバメは海を越えるはずだ。

（……ツバメは、日本で越冬できない）

「……」

覚悟とともに、ノブをねじる。と、扉はあっさりと開いた。

「……律子……さん？」

そこは、相変わらず白の世界である。目が眩むほどに白いその風景の真ん中に、律子が二人いた。

「律子さん？」

燕は慌てて目を擦る。そして息を呑んだ。

二人に見えたが、一人は絵である。壁の真ん中に、律子の絵が描かれているのだ。

絵の彼女は真っ白な風景の中、優しげな表情で立っている。

まるで何かを抱えるように、胸の辺りで手をすくう形を取っている。その手の中には小さな卵がいくつか、転がっていた。

彼女は雪の中で、小さな卵を守っている。

……そんな絵を、律子自身が描いている。

一人の律子が、振り返った。

「お帰りなさい。もう来ちゃったの？　もう少し後にお披露目するつもりだったのに」

声を聞いた時、燕は最初それがどちらの律子から放たれた声なのか理解できなかった。

それほどに、目の前の絵はあまりにリアルであった。

律子は新しい絵の具をパレットにねじり出すと器用にそれを混ぜる。青と紺と黒の混じり合う、光沢のある色がそこに生まれた。

「自画像なんて久しぶりに描いたわ」

壁に描かれた律子はまるで鏡で映したように、そのままである。

口元に浮かぶ笑みも、目元の皺も、綺麗なグレーの髪も、手のコブさえも。

そっと撫でると、血の通いがあるように思われた。

「びっくりしちゃった。いつの間にか、こんなにお婆ちゃんになってしまったのね」

律子はパレットを握り締めたまま、壁に描かれた自分の絵を見つめる。絵の律子が纏っているのは、上品なワンピースだ。その裾にかすかな黄色が見える。それは、塗りつぶし損ねた二十年前の黄色の一部。

「早く、この絵を仕上げてしまわなくちゃ」

律子はパレットに色を絞り出す。

それは、いつか燕が隠した海外の絵の具。その中の一つ、輝くような黄色を絞り出した。

彼女はそこに薄い緑を落とし柔らかく混ぜる。パレットの中に生まれた色は、深みのある黄色だ。続いて彼女は筆先にいくつかの色を馴染ませるように置く。

パレットに生まれたその色を、大きな筆ににじませる。

……それは、かつて燕が目を奪われた律子の黄色だった。

壁に残った黄色の上に、今生まれたその色を重ねていく。下絵などないのに、あっという間にそれはワンピースの柄となる。

白いワンピース一面に描かれたのは、黄色のフリージア。

小さな花びらがまるで水滴のように艶やかに固まっている。

つるりと丸みを帯びた可愛らしい小さな花。

写真で見るよりも鮮やかな色が、まさに花を開くように広がった。

ふう。と長い息を吐いて、律子は顔を上げる。振り返った顔は明るかった。

「今朝燕くんが出かけてから、家中に、ツバメの絵を描いていたの」

悪戯が見つかったような笑顔で律子は笑う。

「燕くんを描くと言ったでしょう?」

「僕じゃなく……鳥じゃないですか」

「せっかくだし一杯描いてみたの……まだ描くわ。こっちも最後の仕上げなの、付いて来て」

藍色が染みるパレットと筆を用意すると、彼女は躊躇もなく、壁に押しつける。

そして別の筆先には赤をにじませ、藍色のそれにゆっくりとのせていく。

彼女の手の動きに無駄はない。迷いなく動く彼女の筆先から、ツバメが生まれる。

青の筆、赤の筆。筆はパレットと壁を何度も行き来する。

燕はぽかんと、それを見守った。

「一緒に行きましょう」

彼女が描いたのは、絵の卵を割って飛び出した、ツバメの絵。

寒さにも負けず、卵の上で背を伸ばすツバメ。

まっすぐ、飛ぶツバメ。

部屋の中に、あっという間に三羽のツバメが誕生した。

それでも律子の手は止まらない。幾度も筆に絵の具をにじませて、素早い動きでツバメを描いて歩く。

壁、階段、キッチン。隙間なく、ツバメが描き足されていく。

やがて辿りくのは燕の部屋。

既に描かれている雛たちの下にも何羽か描き足し、最後に彼女は大きく腕を伸ばし柏の木にもツバメを描いた。

柏の木にのる大きな巣の中だ。そこに大人のツバメが二羽、幸福そうに寄り添って巣に収まった。

律子は満足そうに鼻を鳴らし、振り返る。その顔にも手にも、絵の具がべったりと付いている。

「……お帰りなさい、燕くん。それに復学、おめでとう」

「律子さん」

まっすぐにこちらを見つめてくるツバメは、あまりにも幸福な顔をしている。

柏の木を飛び出して四季を巡ったツバメは再びここに戻って来た。

それならば。と、まるで祈るように燕はその場に腰を落とした。

「僕は……ここに居てもいいですか」

「あら」

手を青と黄色に染めたまま律子は笑う。

「どこへ行くつもりだったの？」

当然のような顔をして、律子は燕を立ち上がらせる。燕の手に移った青の色は、意外に薄い。それは春の空の色である。

「久々の教え子だから、教えるのがすごく楽しみ。燕くんは素質があるもの」

「……教え子ですか」

「違った？」

「まあ、いいんじゃないですか」

冷えた燕の声に律子は気づくはずもない。その無邪気な顔を見て、燕は小さく息を吐く。

「……今は」

「そんなことより、燕くん、ずっと前に燕くんが買って来てくれたパン、美味しかったから頑張って見つけたのよ」

律子は相変わらず楽しげに、燕の手を引く。彼女が指さす先にあるのは、いつか燕が持って帰った食パンである。

袋の絵を覚えていたのだと律子は胸を張る。袋に描かれた特徴的な絵は、看板にも描かれている。それで見つけたのだ。と彼女は嬉しそうにそう言った。

店名など覚えもしないくせに、絵を文字のように覚えるのが律子である。

よほど嬉しかったのか、大量に積まれたそれを見て燕は苦笑する。

「また、こんなにたくさん買って来て……」

ビニールの中には薄く湯気が付いている。焼き立てなのか、白くきめ細かい肌はいかにも、水分をよく吸い込みそうな柔らかさを持っている。

それを見て、燕の中に一つの献立が浮かんだ。

「律子さん、まだ食事は我慢できますか」

「美味しいものを食べられるなら」

燕はキッチンに戻るなり、手を洗い指先の絵の具を落とす。

そして、燕は窓の外を見た。まだ、外は明るい。先ほどまで手ににじんでいた青色と、同じ色の空が広がっている。

「食事まで、絵の続きでも描いて、待っていて下さい。時間はたっぷりありますし」

キッチンから彼女を追い出せば、目の前にあるのは巨大な食パンの固まりのみ。

冷蔵庫から牛乳、砂糖、卵を取り出して、食パンを大きく切り分けた。

「……さて」

大きなボウルに割り入れた卵は美しい黄色。白の牛乳、茶色がかった砂糖をしっかりと混ぜると、なんともいえない優しい黄色となる。

それに、切り分けたパンを沈めると、想像通り、ぐずぐずと柔らかくパンが沈んだ。

(今は、時間を、かけられる)

それは半年前、燕が初めてここで作った料理である。

燕は横目でレンジを見たが、それには背を向けた。

以前は時間をかけられなかった……しかし。

(……前はかけられなかった時間をかける)

今、時間はある。

「……さて、あと数時間」

ゆっくりと沈んで行くパンは、黄色の液体を吸い込んで柔らかく蕩けていく。三時間、いやできれば五時間はかけたい。と、燕は思う。

(この家には時計が必要だな)

小さなスマートフォンの画面で時間を確認して、燕は苦笑する。

(もう、時間が動いたっていいだろう)

用意を終えると、燕は机の上に置かれたスケッチブックを開く。

これは今朝、届けられたばかりの巨大なスケッチブックだ。手触りはざらりと、絵の具にも鉛筆にも馴染む紙質である。

それはまだどのページも真っ白で、色さえも付いていない。

(何を描くかな)

久しぶりに握った鉛筆の硬さはすぐに馴染んだ。白い紙の上、迷ったのは一瞬のこと。

描き出しは震えたものの、やがて柔らかな線となり、それは一人の女の横顔を描き出す。

数分後、紙の上には春の花が咲き綻ぶような律子の笑顔が生まれていた。


コンロに火を灯すと、そこだけがふわりと明るく染まる。それを見て、燕は部屋の暗さに気がついた。

窓の外に広がる空は、淡く暮れかかっている。

カラスの鳴き声、そしてクラクションの響く音に、子どもたちの元気な声。

燕は急いでフライパンにバターを落とす。じゅくじゅくと香りが立つのを見極めて、浸したパンをそっと取り出した。

それはもう、支える先から崩れそうなほどに柔らかい。

崩さないように慎重に。そっとフライパンの中に落とせば、一気にバターの香りが部屋に充満した。

「燕くん、さっきね、イチゴが届いたわ……あ、いい香り!」

香りにつられるように、律子は玄関から顔を出す。彼女は両手に段ボールを抱えて満面の笑みを浮かべていた。

遠くの教え子から、果物が届いたのだ。開けてみれば、新鮮そうなイチゴを始め様々なフルーツが詰め合わされた豪華なものだ。

放っておけば食事も忘れる律子のために、少しでも季節のものを、というのか。色彩の綺麗なものならば、律子も喜んで食べると思っているのか。

イチゴは薄暗い部屋に負けないほど、美しい赤。

思えば、世話焼きな教え子ばかりだった。

「ちょうどよかった。合わせるものが欲しかったところです。悪くなる前に今日食べてしまいましょうか……ああ、キウイとバナナと……メロンまである」

「まってまって、白いお皿に盛り付けて」

目に付いたものから切り分け白い皿の隅に盛り上げて行く。一つのせるたびに律子の目がきらきらと輝いた。

「……赤色、オレンジ色にいろんな緑色……」

フルーツを周囲に散らす。そして、わざと皿の真ん中を大きく開けた。そこに鎮座するものは、もう決まっている。

両面をしっかり焼き付けた、フライパンの中身はちょうどいい頃だ。

「この真ん中は？」

律子は子どものように笑う。その目の前で、燕は柔らかいフレンチトーストを、皿に盛る。隅がカリリと茶色に焦げ、真ん中は限界まで柔らかいクリームイエロー。大きな固まりだが、中にまでしっかりと味は浸透している。

サクリと、真ん中を切り分けて律子がご満悦の声を漏らす。

「中まで黄色のフレンチトースト！」

それはまさに春にふさわしい極彩色の一皿である。

椅子に腰掛け、律子がはっと顔を上げた。ようやく、机の隅に置かれたスケッチノックに気がついたのである。

「あら。燕くん、スケッチブックをもう使ったの？」

「ええ」

「見せて」

「駄目です」

なんで。と頬を膨らます律子の前に、燕は静かにナイフとフォークを突き出した。

「まずは、食べてからです」

しかし律子はナイフもフォークも受け取らない。しばらく口を尖らせて何かを考え、やがて大きく手を叩いた。

「じゃあ、これをお弁当にして、外にスケッチにいくのはどうかしら」

いかにもいいことを思いついた、と言わんばかりに律子が椅子から立ち上がる。皿にラップをかけるなり、大きなバスケットの底にそっと沈める。その横にはナイフとフォーク、水筒には熱いお湯、紅茶のパック。

これまでに見たことがないほどに素早く用意を調えると、彼女は燕を急かした。

「じゃあ行きましょう」

窓の外はゆるゆると夕暮れつつある。茜の色は濃く、西の彼方は紺色が、天にはうっすらと月の色がにじんでいた。

燕は呆れるように、律子を見上げる。

「今から出ると、戻る頃には夜になりますよ。それに、冷えませんか」

まだ温かいフレンチトーストに、熱い紅茶。二人分のスケッチブックに鉛筆。全部手に持った律子はご機嫌そうにコートを羽織る。

「いいじゃない。私は気にしないわ。それに」

律子は燕を先導して、玄関を開ける。薄暗い階段を下り外へ出ると、足元を染め上げるような赤い夕日が燕の目を照らす。

「……夕日の中で描く絵はきっと綺麗だし、本物の風景の中で食べるお料理は、もっと美味しいわ」

いつか聞いたことのある同じ声で律子は燕を見上げて笑う。その髪を風が舞いあげ、柔らかく揺らす。冷たいが、暖かさを内包した風である。

差し伸べられた律子の手に自分の手をそっと重ねると、温かい空気がそこから湧き上がるようだ。

夕陽の茜色が、二人を包む。風の音と、高く鳴く鳥の声、自転車のベルの音、赤い光にさらされて、長く長く伸びる柔らかな黒い影。

「さあ、春を描きに行きましょう」

律子は燕の手を、ゆっくりと引く。

（……そうか、春か）

燕は、律子のまとう柔らかい空気の中に春の色を見た。

それは確かに、はじまりの色だった。

あとがきに代えて――『極彩色の食卓』レシピノート

◉みお

レンジで蒸し銀杏

「新し緑の夏銀杏」より

料理のできない律子さん、唯一の得意料理（？）。元々は律子さんの亡き夫、柏木螢一の得意料理だったもの。秋にはアトリエで、師弟揃ってこれを食べるのが恒例でした。律子さんは一人になってもこれだけは作り続け、誰かと食べるのは20年ぶり。そのせいで大量に作りすぎてしまい、銀杏ご飯を追加で作ることができました。

紙封筒（ビニールの窓が付いてないもの）に、銀杏を殻付きのまま入れ、レンジで加熱。かける時間は500Wで30秒ほど（様子を見ながらどうぞ）。レンジの中でパンパンと弾ける音にびっくりしますが、これが完成の合図。銀杏に弾けた殻がへばりついているので、剥きながら召し上がれ。熱々なのでご注意を。

思い出ラタトゥイユ

「夏の名残のラタトゥイユ」より

燕くんが女性から教えられた料理の一つ。彼女はラタトゥイユを作る男性と恋をして、やぶれた過去があります。彼女が見ていたのは燕くんではなく、叶わなかった思い出の姿。それを察した燕くんは、顔もあげず静かに料理を作る癖がつきました。しかしその癖も、律子さんと出会ったことで徐々に変わっていくことになります。

ラタトゥイユ＝夏野菜のごった煮。タマネギ、トマト、ナス、ズッキーニ、パプリカ（お好みでセロリも）をニンニク、オリーブオイル、塩胡椒で炒めてクタクタ煮にするだけ。お好みのハーブ、白ワインなどを入れても。ちなみに二人はあの後、ラタトゥイユをご飯のおかずとして食べましたが、もちろんパンやパスタにも合います。

二人のオムライス

「雨降り、銀杏、オムライス」「クリスマス、魔女と救済ドリア」より

律子さんは巻いて作るオムライスに馴染みがあり、巻こうと奮闘した結果があの失敗に繋がります。燕くんが瞬時にドリアを思いついたのは、カボチャの回で律子さんが言った「カボチャのグラタンをすくうと中の色が見える」を覚えていたため。聞いていないようで、実は燕くんは律子さんの言葉をちゃんと聞いています。

ご飯とお好みの具を炒め混ぜ、味付けはケチャップ+トマトジュース。マヨネーズを入れると濃厚な味に。卵はオムレツを作ってライスの上に乗せると簡単かつ卵がトロトロ半熟で美味しいです。失敗したら卵もご飯もごちゃ混ぜにしてホワイトソースとチーズをかけてオーブンへ。『美味しい』が詰まったドリアになります。

二つの味のフレンチトースト

「桜とフレンチトースト」「思い出トースト、極彩色の食卓」より

燕くんに塩味の時短フレンチトーストを教えたのは『食パン』女性。燕くんのしょっぱいフレンチトーストは、甘党な律子さんと出会ったことで時間をかけて作られる甘いフレンチトーストに生まれ変わりました。そして二人がこれから歩む春夏秋冬には、さらに色んな味のフレンチトーストが生み出されることになるのです。

塩味フレンチトーストは卵＋牛乳＋塩コショウ＆粉チーズ、お菓子風フレンチトーストは卵＋牛乳＋砂糖＋バニラエッセンス（生クリームを入れるとよりリッチ）の卵液を用意。この卵液にパンを浸して両面カリッと焼けば完成です。急ぐ時はレンジで加熱すると短時間で浸ります。ただ、じっくり漬け込む方が味わいは◎。

ことのは文庫

極彩色の食卓

2019年6月27日　初版発行

著者　みお

発行人　武内静夫

編集　佐藤　理

印刷所　株式会社廣済堂

発行　株式会社マイクロマガジン社
URL:http://micromagazine.net/
〒104-0041
東京都中央区新富1-3-7 ヨドコウビル
TEL.03-3206-1641 FAX.03-3551-1208（販売部）
TEL.03-3551-9563 FAX.03-3297-0180（編集部）

本書は、小説投稿サイト「小説家になろう」（http://syosetu.com/）に掲載されていた作品を、加筆・修正の上、書籍化したものです。
定価はカバーに印刷されています。

ISBN978-4-89637-890-0 C0193
乱丁、落丁本はお取り替えいたします。